二見文庫

覗き 天井裏の徘徊者

霧原一輝

目次

覗き　天井裏の徘徊者

第一章　隙間から漏れる光

1

ミシッ、ミシッ――。

天井板が軋《きし》むかすかな物音が聞こえる。

メンテナンス業者が屋根裏にあがって、点検をしているのだ。

父・重吾《じゅうご》が精根込めて建てたこの豪邸もそろそろ傷みが目立ってきて、手を入れる時期にきていた。

その父は、今、後妻とともに海の見える別荘地に移り住んで、悠々自適の生活を送っている。現在、この広すぎる家に住んでいるのは、弟夫婦と同居中の従妹《いとこ》と自分の四人である。

業者が屋根裏の劣化点検をする物音が近づいたり遠ざかったりするのを聞きながら、梨本慎一《なしもとしんいち》はパソコンのキーボードに置いていた指を休めて、フーッと溜息をついた。

この真っ昼間に家にいるのは、慎一と弟の嫁である可南子《かなこ》だけで、弟の浩次《こうじ》は会社に、従妹の石川藍子《いしかわあいこ》は美容師専門学校に行っている。

慎一が働きに出ず、家に籠《こ》もっている生活がもう三年近くつづいている。

十年前、二十八歳のときに、父の反対を押し切って、コンピュータ関係のベンチャー企業S社を友人とともに起ちあげた。時代に乗ったこともあり、しばらく会社は上げ潮で業務を拡張していった。仕事が順調なときは、恋も上手くいくものらしく、結婚を約束した恋人もいた。だが、四年前にコンピュータ・システムの設営を請け負っていた大手企業がまさかの倒産をし、金の回収が不可能になった。

収益の半分以上をその会社から得ていたこともあって、S社は立ちいかなくなり、その後企業努力を重ねたものの、半年後には不渡りを出して倒産した。

同時に、それまで上手くいっていた恋人との仲も行き詰まり、二人は数カ月後に別れた。

それで、自分のなかで張りつめていた緊張の糸が切れたのだろう。

コンピュータ関係の会社にも誘われたが、自分は起業者だったというプライドもあり、また、興味を惹《ひ》かれる仕事がなかったこともあり、ことごとく断わってしまった。

今は会社で働くことが馬鹿らしくなり、個人で、WEBデザインとその管理、知り合いに依頼されたパソコン関係の注文等を、細々とこなしている。大した利益にはならず、この家にも生活費は入れられない状態である。

(三十八歳にもなって、月収十三万か……どこをどう間違って、こうなってしまったのか?)

光の見えない生活のなかで、慎一は鬱々《うつうつ》とした日々を送っていた。

WEBの制作を再開しようとしたとき、ドアをノックする音がして、

「すみません。可南子ですが」

弟の嫁の声がする。

「何?」

「……業者の方が、屋根裏で劣化が見つかったから、ちょっと見てほしいとおっ

しゃって」

「ああ、わかった」

面倒だなと思いながら、慎一は立ちあがって、ドアを開ける。

タイトフィットの白いセーターをちょうどいい大きさと傾斜で持ちあげた胸のふくらみが目に飛び込んでくる。

清楚さのなかにも、二十九歳という歳相応の落ち着きと色気を持った楚々とした美貌が、慎一に向けられ、

「すみません、お仕事の邪魔をして。屋根裏を見てほしいというので、わたしではちょっと……」

「了解」

そう答えて、慎一は可南子とともに、廊下を歩いていく。

セミロングの髪が肩に散り、ほどよく締まったウエストから急峻な角度でせりだしたヒップが歩を進めるたびにその丸みを浮きあがらせる。細いなりに肉感的な体つきをしているが、それでいて、後ろ姿にそこはかとない女の哀感がにじんでいる。

二年前に、浩次に結婚相手として紹介されたときから、品が良く、空気が読め

て、男が女房にするには理想的な女性だと思っていた。

予想したとおりに、可南子は弟のいい嫁でありつづけ、また、梨本家の紅一点として、炊事洗濯も完璧にこなして、非の打ち所がない。

慎一は自分の下着の洗濯をしてもらうたびに、面《おも》はゆく感じ、また、自分が情けなくなる。

自分が兄であり、しかも、弟より五歳も年上なのだから、嫁さんを貰って、その嫁に我が家の家事をしてもらうのが当然である。それができていない自分がもどかしくてならない。

可南子に案内されて、二階の和室に入っていくと、押入れが開いていて、上段にメンテナンス業者の制服を着た三十過ぎの男がしゃがんで、こちらを見ていた。名刺には、竹内《たけうち》という名前が記してあったはずだ。

「ご主人、すみませんが、一緒にあがって見ていただけませんかね？　漏水《ろうすい》があるようなので。写真を撮って見てもらってもいいんだけど、じかに見られたほうがいいでしょう」

ご主人と呼ばれたことに面はゆさを感じながら、

「いいですよ。天井にあがるのは初めてだから、わくわくしますよ……そこからあがるんですか？」

「ええ……こういう家は、基本的に和室の押入れに点検口がついているものなんですよ。あがりやすいですから」

「じゃあ、可南子さんは自分のことをしていなさい」

「はい……お義兄《にい》さん、気をつけてくださいね」

「ああ、ありがとう」

可南子は自分の境遇に同情してくれているのか、慎一にはいつもやさしい。

天井板が一枚外れるようになっていて、そこから、竹内はひょいと体を持ちあげて姿を消した。慎一は業者のようにはいかず、苦労して天井裏へとあがる。

あがりきったところで、竹内が懐中電灯を渡してくれた。

「足元に気をつけてくださいよ」

そう言って、竹内は太い梁《はり》の上を慣れた様子で歩いていく。

屋根裏は濃密な空気が澱《よど》んでいて、黴《かび》臭いような独特の匂いが鼻を突く。

薄暗く、通気孔から昼の太陽光が一条射し込んで、二人の立てる埃《ほこり》をキラキラと光らせていた。

家を支える太い柱が立ち、これも太い梁が何本も横、斜めに走っている。

「ここの屋根裏はタッパもあるから、しゃがむ必要がない。珍しいですよ」

竹内が言って、

「ほら、ここです」

懐中電灯の光を受けた、屋根にじかに繫《つな》がった梁の木材に、白っぽい泥の川のようなものが幾筋も走っていた。

「これは、ハネ蟻の食い荒らした跡のように見えますが、実際はそうじゃなくて漏水なんですよ。雨漏《あまも》りしています」

「雨漏り？」

「ええ、屋根瓦が割れてるんですよ。そこから雨水が入ってくる。このままだと木部が腐って、耐久性が低下してしまう。屋根瓦の修理をしたほうがいいですね」

「なるほど……」

慎一は念のために自分も懐中電灯で照らしてみたが、至るところから漏水を示す、ナメクジが這った跡のようなものが見える。

「早めに、屋根瓦の修理にかかったほうがいいですね」

「そういうことなら、お願いします」

「了解しました。すぐに、瓦業者に調べに来させて、見積もりを出させます」

帰ろうと、方向転換した竹内が言った。

「しかし、この屋根裏は面白いですよ。ほら、天井の横木が太くて、井桁《いげた》状に張り巡らされている。天井ボードもすべて木が使ってある。珍しいですよ」

慎一が天井裏に海中電灯を向けると、確かに、天井の横木は井桁に組まれていて、しかも、かなり頑丈そうである。

「さっきも言ったけど、ここはタッパもあるし、この強度なら、それこそ、天井裏を自由に歩けますね。ほんと、貴重ですよ」

竹内が感心したように言う。

周囲をあらためて見まわしてみると、確かに竹内の言うとおりである。木材が剝《む》き出しになっていて全体に粗い感じだが、人が住めるのではないかと思うほど屋根裏は広い。

そのとき、天井の一カ所から、明かりが漏れているのに気づいた。

細長い一条の光が下からあがってきて、弱い光のスクリーンを作っている。

その場所から推して、どうやら、弟夫婦の寝室の天井らしい。

(なんで放ってあるんだろう。気づいていないんだろうな)

慎一は竹内につづいて、押入れの点検口から降りる。

澱《よど》んだ濃密な空気から解放されてほっとする一面、異様でありながら郷愁を誘う我が家の屋根裏に、どこか心惹《ひ》かれていることも否めなかった。

2

「……じゃあ、早速、瓦を直してもらわなきゃな。ここを建てたのが、父が確か三十五歳のときだから、もう、三十八年経ってるものな」

浩次が焼酎のお湯割りを呑みながら、昔を思い出しているような目をした。

「そうか……ちょうど俺と同じ歳だな。俺とこの家は同じ時期に生まれて、同じように歳を取っているわけか」

「まあ、両方とも傷みが激しいけどね」

浩次の言葉に、一瞬、一家の団欒《だんらん》の場が凍りついた。

「お義兄さん、お替わりは？」

気まずい空気を変えようとでもするように、可南子が焼酎のお湯割りを勧めてくる。

「ああ……もらおうか」

グラスを差し出すと、可南子は受け取り、ダイニングテーブルを離れて、キッチンで焼酎にお湯を注ぎ足す。

浩次は時々、慎一が対応に困るような放言をする。

それが、不肖の兄を鼓舞しているのか、それとも、言葉どおりに兄を卑下し、見下しているのか……。

いずれにしろ、それに言い返せない自分がいる。

父の重吾は小さな会社から独立して、大手薬品メーカーの卸、販売を一手に請け負う現在の会社、Ｍカンパニーを作った。いわば創業者であり、七十三歳になった今も会長として隠然たる力を持っている。

小さい頃は、浩次よりも慎一のほうが学業の成績が良く、父は跡継ぎに慎一を考えているようだった。だが、慎一は父の反対を押し切って、システムエンジニアになり、ベンチャー企業の設立に走った。

兄が跡を継がなくとも、我が家にはまだ弟の浩次がいた。浩次は兄を反面教師として着実な人生を歩み、現在は父の会社であるＭカンパニーに勤め、三十三歳にして部長職に就き、将来の社長と目されている。

しかも、慎一は結婚さえできずにいるのに、浩次には、可南子という理想の伴侶がいるのだから、かつての兄弟の立場は完全に逆転していた。

弟夫婦の悩みと言えば、なかなか子供ができないことくらいだろう。

浩次は、最低でも五種類の酒の肴《さかな》を用意するよう可南子に頼んでいるようで、今もダイニングテーブルの上には、ほとんどが手作りの酒の肴にもなる凝った料理が並んでいる。

いつも、浩次と可南子が仲良く隣同士で座り、慎一はこちら側にひとりだから、二人が羨《うらや》ましくなると同時に、可南子の容姿や所作にどうしても目が行ってしまう。

可南子は作った焼酎のお湯割りを、

「どうぞ、お義兄《にい》さん」

と、慎一の前に置き、所定の席に腰をおろす。

慎一は、可南子に「お義兄さん」と呼ばれると心がざわめく。

「もう、いいよ。飯にしてくれ」

浩次がまるで嫉妬《しっと》したように言って、可南子は休む間もなく立ちあがり、キッチンに向かう。亭主関白と言ったらいいのか、弟の可南子に接する態度は、どうも一方的で、慎一も思わず眉をひそめるときがある。

　残りの焼酎を呑み干して、浩次がぽつりと言った。

「三日後は、母さんの命日だな。兄貴はどうする？」

「ああ、墓参りに行ってくるよ」

「じゃあ、俺の分の花も頼むよ。俺、忙しくて行けないからさ」

「……お前が忙しいのはわかるけど、母さんの命日くらい、墓参りしろよ」

「お盆に行ってるから、いいんだよ」

　浩次が悪びれずに答える。

　兄弟の実母である妙子《たえこ》は、十一年前に癌で亡くなっていた。

　その三年後に、父は美香《みか》を後妻として娶《めと》ったのだ。当時、父は六十五歳で、美香は三十歳を迎えたばかり。しかも、美香は高級クラブのチーママをしていた。

　慎一は、三十五歳も年下の女との父の再婚が恥ずかしくて仕方なかった。

　だいたい、自分と同い年の母など、認められるわけがない。

　そして、現在、七十三歳になった父はこの家を浩次に任せ、ここから車で三時間の風光明媚な海岸沿いに別荘を買い、そこで、後妻の美香と悠々自適の老後を送っている。

ある意味、男としては最高の人生だったかもしれない。だが慎一は、会社の創業者にありがちな独善的なところのある父を尊敬することも、好きになることもできなかった。そして、独善を認められないところが自分が起ちあげた会社を維持できなかった要因かもしれない。

食事が半分ほど進んだところで、

「ただいま！」

明るい声とともに、従妹の藍子がダイニングキッチンに入ってきた。

「藍子ちゃん、お帰りなさい。食事はどうするの？　もし、まだ足らないのなら、食べていったら？」

可南子が応対する。

「食べてきたから、いいです。すみません。気をつかってもらって……」

「食べなくていいから、少し呑んでいったらいいよ」

浩次に誘われて、

「じゃあ、少しだけ」

と、藍子は慎一の隣に座る。

うなじが出た、サイドで分けた短めのボブヘアがよく似合うかわいい顔をしていて、大きな瞳はいつもきらきらしている。慎一はこの子の天真爛漫《てんしんらんまん》さが気に入っていた。

「学校のほうは、どうだ?」

訊くと、

「頑張ってます。そうだ、近いうちに、お兄さん、またヘアモデルお願いします」

くりくりっとした邪気のない目を向けてくる。

「だけど、藍子ちゃん、前衛的なヘアカットするからな。この前は、伸びるまで恥ずかしかったぞ」

「お兄さん、あまり外出しないから、ちょうどいいと思って」

当たっているだけに、慎一は苦笑するしかなかった。

藍子は二十一歳で、亡くなった実母・妙子の妹の娘である。

叔母に、自分の娘が上京して、東京の美容師専門学校に入学すると聞いた父が、「それなら専門学校に通う間、うちに下宿すればいい。お金は要らないから、その分、楽になるだろう」と勧めたのだと言う。

自分のことしか考えず、慈善事業など偽善者のすることだと明言している父にしては珍しいと驚いたことを覚えている。

もう二年目だから、来年の春には卒業して、ここを出る予定である。

最初は面倒だと思ったが、藍子は明るい性格で、彼女がいると場が華やぎ、気分も和やかになり、今は藍子が同居してくれて良かったと思っている。

「キャー、その麻婆茄子《マーボーなす》、紫色がつやつやして美味しそう。可南子さん、やっぱりいただいていいですか？」

藍子がつぶらな瞳を輝かせて、麻婆茄子の載った皿を見た。

「どうぞ、どうぞ。いっぱい食べてね」

可南子が立ちあがって、麻婆茄子を小皿に取り分けはじめた。


深夜、慎一は尿意をもよおして、自室を出た。

長い廊下の左右には、六つの部屋があり、現在、藍子も含めて四人はすべて二階に寝起きしている。

総床面積が六十坪の豪邸であり、二階にはまだ三つ部屋が余っている。一階は広々としたＬＤＫやバストイレなどの水回りと二つの部屋がある。

廊下を歩いていくと途中の部屋から、「ぁああ、ぁあうぅ」という女の押し殺すような喘ぎが聞こえてきた。

弟夫婦の寝室だから、この声は間違いなく可南子だろう。

可南子はあのときの声が大きいのか、これまでも時々、閨《ねや》の喘ぎが漏れてくることがあった。

そのたびに劣情をそそられ、いや、弟とその嫁のセックスを盗み聞きするなど、兄がすることではない——と、自制してきた。

だが、今回は気持ちが抑えられなかった。おそらく昼間、屋根裏で覗けそうな天井の隙間を発見して、ざわついた気持ちが平静に戻りきっていないのだ。

足音を忍ばせて部屋の前で立ち止まり、耳を澄ました。

「あっ……あっ……あうぅぅぅ！」

悲鳴に似た喘ぎ声がもろに耳に入って、慎一は息が詰まるような昂《たかぶ》りにとらわれる。

「い、いや！　ぁああ、ぁあぁぁ……くうぅぅ」

「声がデカい。聞こえるだろう！」

浩次の叱りつけるような声まで、耳に飛び込んでくる。

しばらくおさまっていた喘ぎ声が、また活発になり、

「ぁあぁぁ、ぁああ……うっ、うっ……ぅうぅぅ……ぁあぁぁ」

すすり泣きと喘ぎが混ざったような可南子の声が、一段と高まった。

それは、慎一がこれまで相手にしてきた女からは聞いたことのない声だった。

この女の哀感と貪欲さをたたえた喘ぎ声を、あの清楚な美人である可南子が発しているのだ――。

(こんな激しい女の声をあげるとは、いったい何をしているのだろう?)

二人の淫らな行為を想像せずにはいられず、股間のものが頭を擡《もた》げてきた。

やがて、泣き叫ぶような苛烈な喘ぎ声が響きわたり、それから、ぱたっと静かになった。

(終わったんだ。可南子が昇りつめ、浩次は射精した……)

自分の行為が急に恥ずかしくなった。

(三十八歳にもなって、何をしているんだ)

赤面して、部屋の前を離れ、足音を消してトイレに向かう。

便器を前にしても、勃起はなかなかおさまらず、したがって小水も出ず、チョロチョロッと放水が起きたのは、それから、数分後のことだった。

3

一週間後に、家の屋根瓦の修理が終わった。

業者の目を意識しなくてよくなった慎一は、その翌日、家人の留守に屋根裏にあがろうと、和室の押入れを開けた。

あの日から、ずっと屋根裏が気になっていた。弟夫婦の部屋の天井の隙間から射していた光のスクリーンが目に焼きついて離れなかった。

まだ、午後一時だ。可南子は「友人に会うから、帰りは午後三時過ぎになります」と言い置いて出て行った。浩次は会社に出かけ、藍子は専門学校に行って留守である。

慎一は動きやすい格好をとジャージの上下に着替え、足がすべらないように足《た》袋《び》を履いて、手には懐中電灯を持っていた。

押入れの天井板を外して、開口部から屋根裏にあがり、天井板をまた戻す。

今日は曇りで、太陽が出ていないせいか、天井裏はいっそう薄暗い。

そのなかを、大型懐中電灯で足元を照らしながら、太い梁の上を踏み外さないように慎重に進んでいく。

目的地は、この前発見した天井の隙間だ。

やはり業者が言っていたように、部屋の天井裏には太い木材が井桁状に組まれて、頑丈な造りになっている。

足を乗せてみた。体重をかけても、ビクともしない。

(よし、大丈夫だ)

だからと言って横木を踏み外せば、天井材に乗ることになって、天井が抜けかねない。

このために足袋を履いてきたのだ。分かれた親指と他の指でしっかりと横木を挟んで、天井から漏れる平面的な光を目指して慎重に進んでいく。

日頃運動はまったくと言っていいほどしていない。プルプルと足が震えてきて、バランスを崩して左足を踏み外し、じかに天井材に乗ってしまった。

(あっ……!)

天井板が抜けるのを覚悟したものの、そこはわずかに軋むだけで、破れたり、割れたりはしない。

(何だ、少しくらい体重をかけても、平気じゃないか)

よほど分厚い天井板が使われているのだろう。ひと安心して、薄く光が漏れている箇所の近くまでたどりつき、慎重に腰を屈《かが》め、膝をつく。

隙間が狭すぎて、下がはっきりと見えない。もう少し開かないかとずらしたみたところ、苦もなく天井板が動いた。

調節すると、隙間が二センチあれば下の様子を見られることがわかった。

いっそう深く屈み込んで下を覗くと、弟夫婦の寝室が眼下にひろがっていた。斜め下に大きなベッドがあり、壁際にはクロゼットとドレッサーが置いてある。

二人が結婚する前にこの部屋に入ったことはあるが、最近はない。

(ほう、家具に金をかけてるな)

家具を高価なものに買い換えるほど、弟の懐には余裕があるということだ。

ダブルベッドはきれいにベッドメイキングされていたが、カバーはかかっていないので、掛け布団とシーツの一部が見え、二つ並べて置いてあるふかふかだろう枕が慎一の劣情をかきたてた。

(そうか、ここでこの前、可南子はすすり泣くような悩ましい女の声をあげていたんだな)

哀切な喘ぎが脳裏によみがえり、二人はどういうセックスをしていていたのか、とぼんやりと想像していたそのとき、突然、部屋のドアが開いた。

ドキッとして、心臓が破裂したかと思った。静かに、顔を引っ込める。人が入ってくる気配がする。となれは、可南子以外考えられない。いや、もしかして、泥棒か……？

おずおずと顔を寄せて、隙間から覗くと、やはり、可南子だった。

紺色のワンピース形ドレスを着て、ネックレスもしている。友人に会うと言っていたが、こんなに着飾って会う友人とは、いったい何者なのか？　最初に頭に浮かんだのは、男だった。

しかし、そうとばかりは限らない。相手が女性でも目上であるとか、礼儀を尽くす必要があれば、このくらいのお洒落《しゃれ》はするだろう。

いずれにしても、帰りが早すぎる。もしかすると、その友人と会えなかったのかもしれない。

などど想像している間に、可南子はカーテンを閉めて、部屋の照明を点《つ》けた。

それから、ネックレスを外す。まさか天井裏から覗いている者がいるなどつゆとも思っていないだろう。無防備にワンピースの後ろのファスナーをさげ、紺色のベルベット地のドレスをおろし、足踏みするようにして脱いだ。

黒のスリップが妖しい光沢を放って、その肢体に張りついていた。

思わず息を呑んでいた。

ほぼ真上から覗く形なので、スリップの直線的な胸元から、ふたつの乳房の甘美なふくらみと谷間がまともに見えた。

肩に垂れ落ちたセミロングの黒髪、なよやかな肩にかかる二本の肩紐、そして、悩ましくふくらんだ双乳の抜けるように白い丸み……。

人は普通この角度で、つまり、俯瞰《ふかん》で女体を見る機会などない。

同じ女体でも見る角度が違えば、まったく感興も異なるのだと思った。

可南子は気《け》だるそうにドレッサーの前のスツールに座り、鏡のなかの自分を見た。それから、クレンジングクリームを顔中に塗り延ばし、化粧水を染み込ませたコットンでクリームとともに化粧を拭き取っていく。

普段は薄化粧なので、濃い化粧をしたまま日常生活を送るのがいやだったのだろう。

そして、可南子はまさか義兄が覗いているなど、微塵《みじん》も思っていないのだ。

(そうか……無防備な女の姿を一方的に見るのは、こんなに胸躍ることなのか)

息を詰めて見おろしていると、化粧を落とし終えた可南子が、ベッドの端に腰をおろした。そのまま悄然《しょうぜん》としてうつむいている。

なだらかな肩ががっくりと落ちて、何かに悩んでいるようにも見える。

原因は何だろう？　やはり、今日、何かあったのだろうか？

これほど孤独感のただよう、寂しげな可南子を見るのは、初めてだった。

つねに如才なく、理想的な妻を務めている可南子にも、他人には言えないもうひとつの顔があるのだと強く思わずにはいられなかった。

可南子はしばらくそのままうなだれていたが、身を投げ出すようにベッドに横たわった。

慎一は斜め上から見ているので、こちらを向いた可南子の顔が見えた。

真上ではないから、物音を立てない限り、可南子は覗き男が天井裏に潜んでいることには気づかないだろう。

可南子は目を閉じていて、長い睫毛がぴたりと合わさっている。

柔らかな黒のスリップが横臥《おうが》して少し腰を曲げた女体に張りついて、その悩殺的なシルエットを浮かびあがらせていた。

可南子が倦怠《けんたい》感をただよわせたまま、ゆっくりと仰向けになった。

ベッドの上に仰臥して、目を閉じた。ややあって、腰がかすかに揺れはじめた。

つぶさに観察しないとわからないほどの微妙な揺れだが、じりっ、じりっと尻をベッドに擦りつけている。

手がそろそろとおりていき、黒のスリップがまとわりつく太腿の奥にたどりついた。窪みの底にぎゅっと手のひらを押しあてるようにして、ゆるやかに圧迫しはじめる。

それから左右の足が地団駄でも踏むようにして交互に動き、太腿を擦りあわせるようなことをする。

（これは……？）

人は白昼でもふとした折りに、欲望に突き動かされることがある。

それが、今、可南子にも訪れているのだろう。

可南子の左手も動いて、胸のふくらみに押しあてられた。スリップが張りつく乳房を手のひらで包み込むようにして、指先に力を込める。

指先が丘陵に食い込み、スリップ越しにでも乳房の形がいびつになるのがわかった。

可南子は右手で太腿の奥を揉みしだき、左手で乳房を鷲づかみにして、「ぁあ」とかすかに喘いで、仄白い喉元をさらした。

慎一は、その儚《はかな》げで美しい、首筋のラインに見とれた。

それから、可南子は上体を起こしてスリップの肩紐を外し、黒い布地を腰までさげて、もろ肌脱ぎの状態になった。

ブラ付きのスリップだったのだろう、こぼれでた生の乳房を斜め上から見る形になり、その形良くふくらんだ、バランスの取れた乳房に目が釘づけになった。

直線的な上の斜面を下側の充実したふくらみが押しあげたいやらしいほどに形のいい乳房であり、また、中心よりやや上についた乳首もピンクがかっていて、誇らしげにせりだしているのがわかる。

なんと美しい乳房だろうか……。

可南子がスリップの裾に手を入れた。両足を上に持ちあげて、シルバーの光沢のあるパンティを引きおろし、足先から抜き取っていく。

小さな布地を丁寧に畳んで横に置き、ふたたびベッドに背中をつけた。

目を瞑《つむ》って、両手で乳房をつかんだ。

スリップ越しに右手で右側の乳房を、左手で左の乳房を持ちあげるように下から揉みあげる。それから、親指と中指で乳首を挟みつけるようにして、ゆるゆると転がしはじめた。

「ぁあぁぁ……」

と、か細い喘ぎがこぼれ、それを恥じるように顔をそむけて唇を噛《か》みしめる。

今度は、人差し指で乳首の頂上をなぞって、円を描き、

「ぁあああ……」

さっきより激しい声をあげ、可南子は「くっ」と歯列を合わせて、喘ぎ声を押し殺す。

浩次と幸せな結婚生活を送っているはずの可南子が、まるで欲望を持ち余したように自らを慰めている。目《ま》の当たりにしているあからさますぎる行為が信じられない。だが、これは紛《まご》うことない現実なのだ。

可南子は親指と人差し指と中指を連動させ、尖りきった乳首を男にはできない緻密さで愛撫している。

「あっ……あっ……」

抑えきれない声が噴きあがり、左右の太腿が切なげによじりたてられる。その状態で可南子は腰をねじって、奥の院を圧迫するような卑猥な仕種をする。

黒髪は乱れて、枕に扇状に散り、すっと伸びている眉がまるで泣いているかのようにハの字に折り曲げられる。

可南子は化粧を落としている。スッピンである。

自分が身も心も許した相手にしか、スッピンは見せないはずだ。つまり、浩次である。夫にしか見せない顔を、今、慎一は目の当たりにしているのだ。

「ぁあぁ、ぁあぁぁ……」

可南子は陶酔したような声を長く伸ばして、左右の乳首を自らの指で愛撫する。

他人を意識することなく、ごく自然にしているその淫らな行為やあふれでた声を、慎一はひどく刺激的に感じる。おそらく、秘密を覗いているような気がするのだろう。

そして、可南子は両足を開いて膝を立てているので、ずりあがったスリップから、太腿が半ばのぞいてしまっている。

その足が時々左右に鈍角に開いたり、反対に内側によじり込まれたりする。

(可南子さんは感じている。ひとりで慰めて、こんなに昂っている)

そう思ったとき、先ほどから力を漲らせていた分身が、中心に芯が通ったようにギンとしてきた。

先日、夫婦の閨を盗み聞きしたときも硬くなった。だが、今回はじかに見ているせいか、迫力が違う。

ほっそりとして、しなやかそうな可南子の右手が乳房を離れて、スリップの裾を静かにまくりあげた。

色白で長いが、むっちりとした官能美をたたえた太腿があらわになり、下腹部の黒い翳《かげ》りが目に飛び込んできた。

（おっ……！）

予想外に濃い陰毛が密生する、その生々しいばかりの生えぶりに、慎一の視線は釘づけになる。

直後に、翳りが右手によって隠された。

足はさっきよりひろがり、左右に伸びた太腿の内側が官能的な引き攣《つ》りを見せる。中心部に押しあてられた手指が、陰唇の狭間をスッ、スッと掃く。

「ぁああ、ぁうぅぅ……」

下腹部をせりあげながら、可南子は声を押し殺す。

いつの間にか、慎一の右手はジャージのズボンのなかに潜り込んでいた。

天井裏に這うようにして、天井板の隙間から室内を覗きながら、ブリーフの下の分身を握りしめる。

（これが、俺のペニスか？）

そう疑いたくなるほどに、分身は太く長く、カチカチになっていた。

ただ握っているだけなのに、ドクッ、ドクンッと血液の脈打ちが手のひらに伝わってくる。そして、熱せられた鉄心のように熱くなった硬直が歓喜の雄叫びをあげる。

二メートルほど下で、弟の嫁が自慰に耽《ふけ》っている。まさか覗かれているなど思いもしないで、しどけない姿を見せている。

何と淫らな光景なのか……！

右手の指が何本か、膣肉に潜り込んでいるのだろう。可南子は手首を効かして、手を前後に打ち振り、

「あっ、あっ……くっ」

と、洩《も》れそうになる声を必死に押し殺しているようだ。

片方の足の踵《かかと》がずりずりとシーツを擦り、親指が反り返っている。

「ぁああ、ぁあぁぁ……いや、いや、いや……」

首を左右に振りながらも、可南子は左手で荒々しく乳房を揉みしだき、頂上の突起を強くこねる。

いつの間にか足は伸ばされ、一直線になった左右の足がぶるぶると小刻みに震

えていた。その足の突っ張りと、腰の不随意筋的な痙攣が、可南子の感じている快感の大きさを伝えてくる。

「ぁあぁ、くっ……」

可南子は乳房から離した左手を口許に持っていき、洩れそうになる声を、人差し指を嚙んでさらに押し殺した。ここは家のなかである。誰もいないとわかっていても、声を出してはまずいという気持ちがあるのだろう。

必死に声を嚙み殺しながらも、切羽詰まった渇望感にとらわれて、肢体を身悶えをするようによじり、震わせる可南子——。

メスの性を剝き出しにした痴態に煽《あお》られて、慎一はいきりたちをしごいた。まるで、自分が可南子とセックスをしているようだ。この火柱のように熱くなったイチモツを可南子に叩き込んでいるような錯覚をおぼえる。

「はぁ、はぁ、はぁ……」

と、聞こえてくるのは、自分の息づかいである。

「ぁああ、ぁあああ……くっ」

と、耳に入ってくるのは、可南子の抑えきれない女の声である。

可南子は繊細な喉元をさらし、声を抑えながら、髪を振り乱している。

「うぐ、くっ……」

と、さしせまった声を洩らし、最後の力を振り絞るようにして、指を体内に叩き込んでいる。

（……イクんだな。気《き》を遣《や》るんだな）

慎一は自由に手を動かしたくなって、ジャージのズボンをおろした。

屋根裏のひんやりした空気が、剝き出しになった尻に冷気を伝えてくる。

だが、こうして、屋根裏で尻まであらわにしていることが、どこか倒錯的で開放的な快楽を呼び起こしている。

「ぁあぁぁ……イク、イク、イッちゃう……」

可南子はそう呟《つぶや》き、左手も股間に持っていった。

左手を右手に重ね、両手で強く圧迫しながら、なかで激しく指を抽送させ、下腹部をぐいぐいとせりあげている。

黒いスリップは腰のところにまとわりつき、仄白い乳房が二つ放り出され、せりだした乳首が上にいる慎一をにらみつけている。

手の動きが一段と速まり、女体が悶え、よじれた。太腿が陶器のような光沢を放ち、内側に絞り込まれ、外側に鈍角に開く。

「ぁああ、イク……ヨシ……オ、可南子、イキます」

可南子は確かに名前を呼んだようだが、はっきりとは聞き取れなかった。弟なら、浩次だが、浩次ではなかったような気がする。

（いや、可南子さんがこんなときに他の男の名前を呼ぶはずがない。聞き間違いだろう）

慎一は狭い隙間から可南子を凝視しながら、火傷《やけど》しそうなほどに熱くなった肉棹を思い切りしごいた。

ジーンとした痺《しび》れが甘い愉悦に変わり、射精前に感じる疼きが急速にひろがった。

「ああ、ああ……イク……イキます」

下腹部をまるで振り子のように振りあげて、そこに自ら指を叩き込んでいた可南子が、

「くっ……！」

腰を浮かした状態で動かなくなった。

まるで、ブリッジをしているようにのけぞりかえり、指を挿入したまま、ビクン、ビクンと痙攣した。

（ああ、こうやってイクのか……）

弟の嫁がオナニーで昇りつめたことに自分も昂り、肉棹をもうひと擦りすると、慎一にも至福が訪れた。

そして、溶岩流のような白濁液が切っ先から迸《ほとばし》り、すぐ下の天井板に噴きかかった。

栗の花の匂いが、ツーンと鼻を突く。

どろっとした白い涙がなおも噴きこぼれて、天井板に散った。

打ち尽くしたときは、まるで、体内のエネルギーをすべて奪われたようで、思わずへたり込みそうになり、両手をついてこらえる。

体がよじれるような感覚が遠のき、ザーメンの異臭のなかで、慎重に隙間から部屋のなかを覗いた。

可南子は気絶したようにベッドに横臥して、ぴくりとも動かなかった。

第二章　天井裏の徘徊者

1

偶然覗き見た可南子の自慰は、慎一が、天井裏の徘徊者となるための決定打を与えた。

始めのうちは、家人が留守のときに天井裏にあがっていたものの、次第にそれでは物足りなくなって、家に人がいるときにも天井裏を動きまわるようになった。

考えたら、そうなるのは当たり前だった。

つまり、眼下に人がいて、覗かれているなどつゆほども知らずに、日常の行為をする。それをかいま見ることが愉快なのであって、人のいない部屋を覗いたところで何の面白みもないのだ。

それに、何しろ、慎一は暇を持て余していた。WEBの作成、管理、更新にしろ、あるいは頼まれたパソコン関係の仕事にしろ、慎一の能力だったら、月に十日も働けばこなせてしまう。これまでは、部屋に閉じこもって、パソコンで他の世界を覗き見していた。だが、それはあくまでも向こう側の画像であり、映像であり、実際に目にしているわけではなかった。

だが、これは違う。同じ覗き見にしろ、生身の人間がそこにいるのだ。

それは二次元、三次元の相違というより、そこに生々しく息づいているものをじかに感じることができるのか、どうかという問題である。

その夜、夕食を終えた慎一は、部屋に戻ると見せかけて、二階の和室の押入れから天井裏にあがった。

この時間はまだ浩次も可南子も二階にはあがってこないし、藍子も帰宅していない。浩次と可南子が自分に用があって呼ぶことはほとんどない。あったとしても、返事がなければ寝ていると判断するだろう。

慎一は大工が使うような足袋を履いて、親指と他の足指で梁をつかみ、天井裏を動きまわる。徘徊を重ねるごとに、コツがつかめてきた。

暗い屋根裏を懐中電灯で照らしながら進んでいき、藍子の部屋までたどりつく。それから、天井裏に組まれている井桁状の横木を足指で挟むようにして、あらかじめ特定してあった場所へと移動していく。まだ人は二階にいないから、少しくらいの物音がしても平気だった。

目的地に着くと、目印のつけてある天井板を慎重にずらしていく。数センチの隙間を作って、そこで固定する。

屋根裏を徘徊していて、気づいたことがあった。

各々の部屋の天井板が一枚だけ固定されてなくて、ずらすことができるのだ。もしかして誰かが覗いていたのではないか、と思ったりもしたが、家族や関係者でそんな大それたことをする者は、どう考えてもいない。

点検のためにどの部屋からも屋根裏にあがれるような造りになっているのだろう。何かの弾みで、弟夫婦の部屋の天井に隙間ができたに違いない、そう結論づけた。

そろそろ、藍子が帰ってくる頃だ。

慎一は所定の位置につき、隙間からまだ暗い部屋を覗いた。ここは、かつて浩次が使っていた洋室で、八畳ほどの広さがある。一般的な子供部屋としては大きいけれど、我が家の部屋としては小さい。

父が、藍子が入室する前に業者に手を入れさせたので、壁紙も絨毯《じゅうたん》もカーテンも女の子らしいインテリアになっている。

浩次は準備をととのえて、楽な姿勢を取る。

部屋の住人が帰ってくるまでのこの待ち時間が悩ましい。ほんとうはノートパソコンでも持ってきて、インターネットでも見たいのだが。

しばらくして、二階の廊下を歩く足音が近づいてきた。

真下の部屋のドアが開けられ、照明が点き、人が入ってくる。

物音を立てないように慎重に隙間から部屋を覗くと、藍子がミニスカート姿でベッドに身を投げ出していた。

ケータイを取り出し、腹這いになって、慎一でさえ驚嘆するような速さでメールを打っている。

斜め上方から覗いているので、藍子の尻と足が見える。

もちろん、見られているなどまったく思っていないから、足は膝から曲げて上にあげているし、無防備にひろがっていた。ミニスカートがずりあがり、ナチュラルカラーのパンティストッキングに包まれた、ピンクを基調とした花柄パンティの尻の部分がのぞいている。

しかも、足を交互に振っているので、ますます下着の露出が多くなる。

(無防備だけど、かわいい仕種をする)

二十一歳の女の子の部屋での生活ぶりなど、なかなか見られるものではない。しかも、相手は小さい頃から遊んでやった従妹である。

昔からオテンバで、勝気で、やたら元気のいい子だった。

高校を卒業する頃から急に女らしくなって、その成長ぶりにドキッとさせられたものの、しばらくして、髪を切って、また男の子みたいに活発になった。その間に、彼女の身に何かが起こったのだろう。

藍子はベッドを離れて、着ているものを脱ぎ捨てて、下着姿になった。

ピンクに花柄の散ったキュートなブラジャーとお揃いのハイレグパンティをつけたその姿で、机の上に載っていたノートパソコンを開いた。メールをチェックしているのだろう。

上から見ても、すらっとして足の長い肢体である。乳房はさほど大きくはなく控えめだが、藍子の場合はそれで全体のバランスが取れている。

椅子を引き出して座り、また、尋常でない速さでキーボードを叩く。その長くしなやかな指が魅力的である。

藍子はかなり長い時間、下着姿でメールを打っていたが、最後にポンと送信ボタンを押して、立ちあがった。

「ぁあぁぁ」

と、両手を頭上で組んで伸びをした。

それから、小型テレビのスイッチを入れて、リモコンを持ったままベッドに座り、次から次とチャンネルを変える。結局、見たい番組はなかったようで、テレビのスイッチを切った。

またベッドを離れ、パソコンを操作して、おそらく読み込んであっただろう歌をかける。ジャニーズ系のグループが歌う最新のポップスを聴きながら、ベッドに横たわった。

しばらく、後頭部に両手を組んだ姿勢で仰向いて、じっとしていたが、おもむろにベッドサイドのテーブルに載っていた小さな鏡を持った。

(何をするんだ。化粧でもするのか?)

眺めていると、藍子はパンティをおろして脱ぎ、ヘッドボードに背中をもたせかけながら、足を開いた。

膝を立てて足を鈍角にひろげ、その中心にある女の秘部を鏡に映して、じっと見ている。

それから、指で陰唇をひろげ、鏡に映っているだろう女の割れ目を、陰唇を微妙に動かしながら眺めている。見入っているというより観察している感じだ。

（そうか、女の子はこんなことまでするのか……）

昂奮するというより、むしろ、見たくない女の部分を見せられているようで、困惑のほうが大きい。

日常を覗くことによって、その知りたくない部分を知って、逆に醒《さ》めるということだってあるはずだ。

だが、幻想のベールを剝《は》いだところに、女の蠱惑《こわく》的な魅力があるということだって考えられる。女の美点だけを見るのではなく、醜悪なところも見る。そして清濁合わせ呑んで、初めて女の深い魅力がわかる——。

藍子がブラジャーだけをつけた姿でベットを降り、クロゼットの引出しから何かを取り出した。

きれいなピンクの袋を持って、ベッドに戻り、袋から何かをぶちまけた。

愕然とした。

小型の電動マッサージ器であった。ちょっと前、流行った電マと呼ばれていたものの小型サイズで、本体はピンクで頭部の丸い振動部分は真っ白で、いかにも女の子好みの姿である。

藍子はベッドサイドのコンセントに、電マから長く伸びたコードの先にあるプラグを差し、そして、ブラジャーを外した。

全裸でベッドに仰臥し、右手に持った電マのスイッチを入れた。ジャーという電動ハブラシを十本合わせたような振動音とともに、先の丸みが震えているのがわかる。

藍子は丸い頭部をそっと乳首にあて、「あっ」と鋭い声をあげていったん離した。それから、また恐々と近づける。

「あっ……あっ……あっ」

強く押しつけては、遠ざけることを繰り返していたが、やがて、マッシュルームに似た振動部分を乳首にあてたままになった。

「ぁあああぁ……ぁああ……」

女の声をあげる藍子を見て、慎一はとまどいながらも昂奮を覚えた。

明るい性格でボーイッシュな藍子も、一皮剝けば女なのだ。しかも、自らの欲望を満たすためにこんな破廉恥な器具を使っている。

可南子もオナニーしていた。この家に住む女たちが特別淫らなのか？　それとも女はみんなこうなのだろうか？

やがて、藍子は左手で右の乳首をつまんでせりださせ、その先に電マを押しあてた。

「ぁああ、ぁああ……いい……くっ」

手足の長い肢体が、ビクッ、ビクッと躍りあがり、足が真っ直ぐに伸ばされる。

それから、膝を曲げて立て、大きくひろげながら、腰をぐいぐいとせりあげる。

乳首を攻めていた電マが肌の上をすべりながらさがっていき、薄い翳りの流れ込むあたりに添えられた。

おそらく、クリトリスのあたりだろう。

ジャーという音が身体に接すると少し高くなり、その奇妙な振動音が、天井裏に潜む慎一にも聞こえてくる。

そして、藍子は両手で電マの丸くなった頭部を恥丘に押しあてながら、もっと欲しいとでも言うように下腹部をはしたなく突きあげるのだ。

慎一の股間のものもエレクトしてきた。

その間にも、藍子は足をいっそう大きく開き、電マの頭部を割れ目になすりつけたりしている。ゆっくりと上下にすべらせ、陰唇とアナルの間の会陰部に押しつけ、それもいいのか、

「ぁああ、くっ……くっ……」

開いた足を踏ん張り、腰を前後に打ち振る。

藍子は客観的に見れば、ボーイッシュでセックスなど無関係という雰囲気を持つ女の子である。その彼女が日常からは想像もつかない欲望をあらわにする姿に、慎一は発情を抑えられない。

あさましいことに、股ぐらのものは痛いくらいに力を漲らせつづけている。

やがて、藍子は左手で乳房を揉みはじめた。右手で握りしめた電マの頭部をクリトリスに押しつけながら、左右の乳房を荒々しく揉みしだき、そして、頂上の突起を指先でこちょこちょとくすぐる。

「ぁああ、ぁああ……」

ショートヘアの似合うととのった顔をいやというほどのけぞらせ、唇をほどけさせ、細くスッと伸びている眉をハの字に折り曲げる。

伸びやかな肢体が左右によじれ、真っ直ぐになった長い足の爪先がピーンと反

り返っている。

細かい痙攣が至るところに走り、足も胴体も顔も一直線になっていた。

「ああ、くる……あっ、あっ……はあぁぁぁぁぁぁ……くっ！」

藍子がビクンと跳ねて、顎をいっぱいに突きあげた。

さっきよりも細かい痙攣のさざ波が伸びやかなボディに走った。

右手に持っていた電マがぽとりと落ちて、ベッドの上で唸《うな》りつづけている。

2

その夜、慎一は悶々としていた。

先ほど藍子の予想だにしなかった行為を目にしたせいだろうか、心の箍《たが》が外れてしまったようで体がざわついている。

これまでは一線を越えてしまいそうで、弟夫婦の閨を覗くことはしなかった。

だが、今夜が決行のときではないのか？

（今日は金曜日で、浩次は明日は会社が休みだ。二人はおそらくセックスする……今夜しかない！）

慎一は決心して、部屋をそっと出た。

廊下を足音を殺して歩き、建物のほぼ中心にある和室のドアを開け、畳を踏みしめて押入れの襖を開ける。

すでに足裏が汚れて黒くなった足袋をここで履き、上の段にのぼり、点検口から天井裏にあがった。

置いてある懐中電灯を持ち、これまでのなかでもっとも慎重に足音を忍ばせて、天井裏を歩いていく。

弟夫婦の寝室の天井裏で、聞き耳を立てた。

「あんっ、あんっ、くっ……」

聞こえてきたのは紛れもなく可南子の声だった。

盗み聞きと、天井裏から覗いたオナニーシーンで、それが可南子の喘ぎであることがわかるまでになっていた。

もう始めているのだ。やはりという気持ちと、二人はセックスに夢中になっているから、足音を立てないようにすれば天井裏に潜む自分のことはばれないだろうという思いが脳裏をよぎった。

天井裏の横木を、隙間があるところまで進み、細心の注意を払い、天井板をほんの少しだけずらしにかかる。

背中にドッと冷や汗が噴き出た。

上手くいった！

ひろくなった隙間から下を覗くと――。

ベッドの上で、四つん這いになった可南子を、浩次が後ろから犯していた。

二人とも裸であった。だが、普通と違うのは、可南子が後ろ手に赤いロープでくくられていたことだ。シーリングの照明は絞られていたが、枕明かりのスタンドがベッドに向けられ、這いつくばった可南子をほぼ真横から照らしていた。

斜め上から見ると、可南子の女体がスタンド明かりのあたっている箇所だけ白々と浮かびあがり、その陰影のコントラストがひどく悩ましい。

（浩次は可南子を縛るのか……）

思いも寄らない行為に唖然としてしまった。

背後に張りついた浩次は、もてあそぶように屹立《きつりつ》を緩急交えて打ち込み、

「あっ……あんっ、あんっ……」

と、可南子が喘ぐと、

「声が大きいだろ！　何度言ったらわかるんだ。バカか、お前は」

侮辱的な言葉を吐きつけ、そのお仕置きとばかりに、尻たぶを平手打ちする。

乾いた音が爆ぜて、

「うあっ……！」

可南子が声を押し殺しながら、顔を撥《は》ねあげた。

浩次はつづけざまに尻たぶを打ち、可南子は悲鳴をあげまいとして、口許を枕に必死に押しあてる。それでも、くぐもった悲鳴が洩れて、

「声を出すな！　何度も同じことを言わせるな」

浩次は自分の妻を見下した形で叱責《しっせき》する。

（愛妻に、何てことを言うんだ！）

浩次は外では人当たりが良く、仕事関係でも冷静でかつ愛想が良く、会社の上司にも同僚にも好かれている。

だが、家では愛妻の可南子に対しても支配的であるし、兄の慎一にも時々暴言を吐く。

セックスはその人の本質が出ると言う。

（そうか……やはり、これが、浩次の本性か……）

父と似ていると感じた。

昔は、自分が父に似ていると言われていたが、そうではなかったのだ。浩次こそが父の不遜で我儘《わがまま》な性格を受け継いでいるのだ。

浩次は結合を外すと、可南子の前に仁王立ちして、蜜にまみれた硬直を口許に近づける。

大きくもなく小さくもなく、だが、亀頭冠がひろがってやや左に曲がっていて、自分のイチモツと瓜二つだと感じた。

「しゃぶれ。お前が汚したんだから、きれいにしろ。お掃除フェラって知ってるよな？」

浩次が傲慢に命じた。

両膝をついて夫を見あげた可南子は、小さくうなずき、膝でにじり寄った。

斜め上方に向かってそそりたつ肉柱を鼻で持ちあげ、それから、上から頬張《ほおば》った。

肉棹に沿って○の字にひろがった唇を根元まですべらせ、ゆったりと引きあげていく。

亀頭冠を中心に小刻みに顔を振ってスライドさせ、ジュルルッと溜まった唾をすすりあげる。その卑猥な音を、清楚な可南子が立てているのだと思うと、慎一は目眩《めまい》がするような昂揚感を覚えた。

可南子はいったん吐き出して、皺袋から裏筋を舐めあげていく。

両手を後ろ手にくくられたままなので、きっとままならず、姿勢的にも苦しいはずだ。だが、可南子はいやがる素振りは微塵も見せず、丹念に裏筋に舌を走らせる。

「いつまでやってんだよ。そういうのは最初はいいけど、すぐに感じなくなるって言ってるだろう。覚えが悪いな」

浩次は可南子の髪をつかんで、いきりたちを口に押し込んでいく。

一気に喉奥まで打ち込まれて、

「うっ……ぐぐっ……」

可南子がつらそうに眉をひそめる。

「もっと奥まで。根元まで咥《くわ》えろよ」

そう言って、浩次は下腹部を突き出し、屹立をさらに喉奥へ押し込もうとする。

「うげっ……」

可南子がえずいて、今にも吐きそうな様子で横隔膜を上下動させている。

浩次はしばらく、妻が悶絶するさまを眺めていた。それから、腰を少し引き、浅いところに肉棹を往復させる。

涙をにじませたまま口腔を凌辱される可南子の姿に、慎一は深い同情を覚え、同時に弟への怒りを感じた。

「ぬるっとした涎《よだれ》がどんどんあふれてくる。これは何だ？」

口角から垂れ落ちてくる透明な液体を、浩次は指ですくって、その指を擦り合わせて粘着度を調べ、さらに、匂いを嗅いで、ぺろっと舐める。

「唾にしてはぬるぬるだしな。胃液にしては、全然酸っぱくないし……何だろうな、これは。可南子は口から潮を吹くのかもな」

そう言う夫を、可南子は不安そうな、すがるような目でじっと見あげている。

「何をボーッとしてるんだ。自分で動けよ。唇でしごけよ」

咥えたままうなずいて、可南子は顔を打ち振って、ぽってりとした赤い唇を肉棹の表面にまとわりつかせる。

背中にまわされた腕は深く交錯して、可南子は右手で左腕をつかんでいる。

きっと苦しい姿勢だろう。だが、腕が強く後ろに引っ張られている分、乳房が強調されて、ただでさえ形のいい乳房がいっそう魅力的に見えるのだ。

可南子は次第にストロークのピッチをあげていく。

何度も何度も唇を往復させ、それにつれて、乱れた髪の毛も前後に揺れる。斜め上から覗いている慎一には、突き出した唇が肉棹をすべっていく様子がはっきりとわかる。

「もう、いい。いつまで経っても上達しないな」

浩次は吐き捨てるように言って、身体を離し、可南子を赤いロープでさらに縛った。

乳房をぐるぐる巻きにして、後ろで縄留めした。

それから、ロープを真ん中から折って二本にして、胸縄から真っ直ぐ下におろしていき、太腿の奥を経由して、後ろにぐいぐいと引っ張って、背後の胸縄で結んだ。

「あうぅぅ……」

可南子が苦しそうに顔をゆがめた。見ると、二本の股縄が深々と秘唇に食い込んでいた。

「どうした？　オマ×コが割れちゃってるぞ。ふふっ、オマ×コってこんなに深く切れあがるもんだな……寝ろ！」

浩次は可南子をベッドに仰向けに寝かせると、両膝をすくいあげて、ますます怒張してきた肉棹を、恥肉の割れ目に押しあてた。

「入らないじゃないか。自分で足を持ちあげてろよ」

そう命じて、浩次はM字に開いた太腿の中心を走る二本のロープをぐいとひろげた。

「くぅぅ……！」

可南子が苦悶の声をあげて、顔を痛ましいほどにゆがめる。

（おい、やめろ。何をしている！）

天井裏から思わず、止めに入りかけた。

「そうら、中身が出てきた。真っ赤だぞ。粘膜がいやらしく光って、うごめきながら俺を誘ってる」

浩次は猛《たけ》りたつものを左右のロープの狭間に押しあて、腰を入れる。

「ぁあああ、くうぅぅぅ……」

「そうら、入った。可南子のオマ×コにずっぽし嵌《は》まり込んだぞ」

浩次は腕立て伏せの格好で、可南子の表情をうかがいながら、腰を律動させる。

可南子は縄化粧されている。だが、それは決して美しいものではなく、乱暴な縛りで、まるで荷物を子供が縛ったようだ。

しかし、その無計画な乱雑さがどこかエロティックで、慎一は知らずしらずのうち見とれていた。股間のものがパジャマのズボンを痛いほどに突きあげているのに気づき、

（俺は無理やりこんなことをされている可南子さんを見ても、発情してるのか？）

あさましい自分が情けない。それでも、浩次が上から押さえつけるようにして腰を打ちおろし、

「あんっ、あんっ、あんっ、あんっ……」

可南子がそれに応《こた》えて、甲高い喘ぎをスタッカートさせ、顎をせりあげるのを見ていると、分身は熱を帯びて頭を振り、思わずパジャマの裏に手を入れて、それを握りしめていた。

「ホラッ、もう忘れて声をあげやがって……お前は言葉で言ってもわからないようだな」

浩次が右手を口許に押しあてて、可南子の喘ぎを封じた。

大きな手のひらで、可南子の小さめの口をぴったりとふさぎながら、ぐいぐいと腰を打ちつける。

後ろ手にくくられ、股縄をされ、そして、口まで手のひらで猿ぐつわされながら、可南子は命じられたとおりに自ら膝をひろげて、浩次の激しい打ち込みを受け止めている。

「ぁああ……ぁああ……」

可南子の洩らす声が変わったような気がした。

まるで、腹の底から絞り出しているような低い唸りに似た声が、指の隙間からこぼれでて、つらいのか快楽なのか区別のつかないほどに、美しい顔がゆがんでいる。

(おおぅ、可南子さん……可哀相に。だが、だが……)

気持ちとは裏腹に、分身が雄叫びをあげていた。

そして、手でひと擦りするたびに、震えるような蕩《とろ》けるような快美感がうねりあがってくる。

(おおぅ、おおぅ……可南子さん!)

心のなかで、弟の嫁の名前を呼び、天井板の隙間からおぞましくも、エロティックな光景を覗きつづけた。

可南子も浩次もすでにぎりぎりまで昂っているようだった。

「たまらんぞ、可南子。あそこをロープで擦られるのと、オマ×コの感触がダブルになって押し寄せてくる。おおぅ、出そうだ」

浩次は一気呵成《いっきかせい》に腰を叩きつけながらも、右手で可南子の口許を押さえつづけている。

「ぐぐっ……うぁあああ……あおお……」

可南子は鼻からフイゴのような息を吐き、全身を揺らしながら、さしせまった呻《うめ》きを洩らし、繊細な顎をこれ以上は無理というところまでせりあげる。

赤い縄化粧が映える色白の裸身が汗ばんでぬめ光り、全身に痙攣が走っていた。

(イクんだな。可南子さん、こんなことをされてもイクんだな)

慎一は目くるめく快感のなかで、強く肉棹をしごいた。

「ううっ……ぁうう……イク……イグ……」

可南子の籠もった声が聞こえ、

「恥ずかしい女だ、可南子は。そうら、落ちろ……おおぅ」

浩次がつづけざまに打ち込み、「うっ」と呻いて動きを止めた。

ほぼ時を同じくして、可南子がのけぞりかえった。

浩次に手で口枷《くちかせ》をされた状態で、まるで、窒息寸前の女のような凄まじい呻きをこぼし、ガクン、ガクンと躍りあがっている。
可南子が一気に昇りつめるさまを眺めながら、慎一もしぶかせていた。
熱くどろっとしたものがブリーフのなかに溜まっていく。
まるで、淫らな夢を見ているようだった。

第三章　義母の恥態映像

1

その日、いつものように屋根裏にあがった慎一は、まだ誰も部屋にいないこともあって、太い梁と柱の交わる箇所に腰をおろしてケータイをいじっていた。サイレントモードにしてあるから、たとえ、電話やメールがあっても着信音も鳴らず、振動もしないので、見つかる心配はない。

ケータイで無音のゲームを愉しみ、一息ついて、ふと足元を見ると——。

天井を走る梁に沿って、何かが走っている。

（うん、何だ……？）

梁と同じ色の粘着テープで目隠しされているので、これまで気づかなかったのだろう。そのコードらしきものは梁から横木へと接着する形で部屋の途中まで伸びている。

粘着テープを一部剝がしてみた。

出てきたのはケーブルで、電気線とは明らかに違う。テレビのアンテナ線でもないような気がする。では、何だろう？

俄然興味を惹かれて、ケーブルをたどってみた。

すると、黒いケーブルは梁と横木に沿って、各部屋まで伸びているではないか。

そして、ケーブルは最終的に一本にまとまっているのだが、それをたどっていくと、ある部屋に行き着いた。

そこは、今は使われていないが、かつては父が書斎として使用していた部屋だった。

（……おかしいぞ。もしかして……）

黒いケーブルを観察すると、先端には端子がついているし、やはり、ビデオカメラとビデオを結ぶケーブルに似ている気がする。

（盗撮……？）

父の書斎だった部屋を調べてみる必要がありそうだ。

（しかし、まさか、父がな……）

考え事をしていたせいか、梁の上を歩いているとき、バランスを失って、オットトと壁に手をついて体を支えた。

そのとき、エッと思った。

思わず手をついたボードの壁がわずかに動いたような気がしたのだ。

壁をかるく叩くと、そこだけ他の箇所とは音が違う。

（何だ、ここは？）

ボードのあちこちを調べ、引いたり押したりずらしたりしてみた。すると、わずかにボードが横に動いた。

そのままぐいと力を込めると、一枚のボードが引き戸のように横にすべった。

（隠し戸棚？）

三段の棚に、布で覆われたものが載っていた。

思わず、布をめくった。

コードの先に小さな箱型の器具がついていて、レンズが光っている。そして、二段目には、小型のモニターが幾つも載っていた。

（盗撮用の機器……？）

　小さなレンズのようなものを手に取って調べる。やはり、これは小型カメラだ。確か、ＣＣＤカメラと言ったか……。

　一緒にあるのは小型受像機だから、明らかに盗撮ということになる。

（自分より先にこの屋根裏を徘徊していた者がいるのだ。しかも、盗撮をしていた……）

　茫然自失しながら下の段を見ると、横長のケースがあった。

　蓋《ふた》を開けたところ、ディスクが収納してあるプラスチックのケースが何枚も出てきた。

（これは……？）

　取り出して見ると、ケースには日時が記してある。

　だいぶ古い。六年前から数年つづいている。

　おそらく、これを撮影した日時だろう。

（何を撮っているのだろう？）

　慎一はディスクを持てるだけ持って、急いで屋根裏を降りる。

　和室から自分の部屋に移り、パソコンを起動させて、ディスクを挿入する。

ヘッドホンを耳にあてて、スタートボタンを押すと、すぐに液晶ディスプレイに映像が流れた。

そこに映っているのは、家族の日常などではなかった。

男と女のセックスである。

女が男の下になって、喘いでいる。

見た瞬間にわかった。その女が誰であるか——。

旧姓白石《しらいし》美香、つまり、父の後妻であり、兄弟の今の義母である女だ。

その美香が天井を向いて、男に打ち込まれ、

『あん、あん、あうぅぅ、いい……』

と、あられもなく喘いでいる。

しかも、赤い半襟のついた長襦袢《ながじゅばん》を着ていて、その燃え立つような長襦袢がはだけて、乳房があらわになっていた。

透き通るような乳肌のたわわな乳房が、上になった男の腰の動きにつれて、ブルン、ブルンと波打ち、

『ああ、いい……いいのよ。死んじゃう』

美香は感極まっているような悩ましい声をあげながら、男の肩にひしとしがみ

ついている。

同い歳の義母である美香のセックスを見るのは、もちろん初めてであり、その艶《なまめ》かしい姿と声に圧倒されながらも、心のどこかで、それに欲情することに抵抗している自分がいる。

だがそれ以上に気になったのは、相手の男のことだった。

(誰だ、この男は……？)

父とは似ても似つかない。

肩幅は広く、浅黒く日に焼けていて、背中はなめし革のようで、そこだけが白い逞しい尻が、ぎゅっと、ぎゅっと引き締まりながら躍動している。

(誰だ、誰だ？)

これが、美香が父と結婚する前だったら許せる。だが、この映像に映っている部屋は明らかにこの家の一室である。

記してあった日時からいくと、父と結婚して二年後であり、まだ、慎一が自分の起業した会社に必死だった頃だ。

(ということは、父の留守に美香は男を連れ込んでいたってことだ)

唖然として言葉も出ない。

だが、これを撮ったのは誰だろう？　自分ではないから、浩次か？　当時、家に出入りしていた誰か？　あるいは父は、美香が不倫しているのではないかという疑惑を抱いていて、その証拠を握るために盗撮を仕掛けたのだろうか？

そうだ、それなら、筋が通る。

やはり、父だ。父が美香の不倫現場を撮るために、屋根裏にあがり、カメラを仕掛けたのだ。

目の当たりにしている映像もショックだが、それ以上に父から受けた衝撃は大きかった。

（ええい、こんなおぞましいものは切ってしまおう）

いくら父とは三十五歳も年の離れた後妻であり、血が繋がっていないとはいえど、美香は戸籍上は家族である。

見てはいけないものを見ている気がして、ストップボタンをクリックしようと、マウスの上に指を置いた。

だが、できなかった。

指がマウスの上で凍りついたように動かない。そして、ヘッドホンを通じて、

『ああ、いいの。死んじゃう。良すぎて、死んじゃう！　あうぅぅぅ』

美香のあからさまな喘ぎが飛び込んできて、男の本能中枢を痺れさせる。指をマウスに置いたまま、慎一の視線は液晶ディスプレイから離れない。離すことができない。

男は腰を打ちつけながら、乳房を片手で揉みしだいていた。のしかかるようにして、胸のふくらみをひしゃげるほどに荒々しく揉み抜き、

『あんたの胸はほんとうに柔らかいな。こっちも気持ちがいい』

男が初めて言葉を喋《しゃべ》った。

美香はこのとき、まだ三十二歳のはずで、男の年齢も美香と同じくらいか。ガラガラ声で、野太い。そう、まるでヤクザのようだ。

『ああ、野口《のぐち》さん。うれしいわ、そう言われて……ああぅぅ、それ……』

乳首をくりっとこねられて、美香が顎をせりあげた。

『ふふっ、お前はほんとうに感じやすい……あのジジイより、いいだろう。ずっと感じるだろう？』

美香が押し黙って、顔をそむけた。

『オラッ、訊いてるんだよ！』

筋肉質の右手が伸びて、美香の顎をとらえた。

喉元を、相撲の喉輪攻めのようにぐいぐい締めつけながら、再度、問い詰める。
『答えろよ。あのジジイよりいいかどうかって、訊いてるんだ』
美香が苦しそうに顔をしかめながら、目でうなずいた。
野口が右手をゆるめて、言った。
『それじゃあ、わからん……はっきりと口に出せ』
『あなたのほうが、ずっといいわ。感じるの。狂いたくなるほどに気持ちがいいの』
美香が男を見て言った。
(これをもし父が見たら、どうするのだろう？　いや、どうしたのだろう？)
傲慢で、すべてのものを支配したがる父だ。想像するのが怖い。
『そうか、そうか……じゃあ、俺の上になれ。上になって、腰を振れ』
野口が尊大な態度でいったん接合を外し、布団の上に大の字になった。
美香がすくっと立ちあがった。
天井から狙うカメラに、美香が近づいてきた。
しどけない格好だった。
緋《ひ》襦袢はもろ肌脱ぎの状態で腰のあたりにまとわりつき、二つの円錐形の乳房が上からの角度で映っている。

いやらしく飛び出した赤い乳首に、烏《からす》の濡れ羽のような漆黒の光沢を放つ乱れ髪が垂れかかって、まるで映画を観ているようだ。

美香は野口をまたぎ、緋襦袢の裾を後ろにまくりあげて留めたので、色白でむっちりとした肉付きの下半身と、黒々とした翳りが目に飛び込んできた。

美香が男を睥睨《へいげい》するようにして、笑ったように見えた。それから、猛りたつものを右手で握りしめ、蹲踞《そんきょ》の姿勢でぐっと沈み込み、

『うあぁ……！』

感に堪《た》えない様子で顔をのけぞらせた。

腰を落としきり、手を前と後ろについて、腰を前後に揺すりはじめた。

『おおぅ……』

と、野口が気持ち良さそうに唸って、顔をしかめる。

『ああ、いい……あなたのがグリグリしてくる。当たってる。いいところに当たってるの』

ヘッドホンから美香の声が聞こえてきて、液晶ディスプレイには、美香がいっそう激しく腰をつかうさまが上からの角度で映っている。

実際に天井裏から、生の浩次と可南子のセックスを覗いているだけに、二次元であることが物足りない。だが、それを差し引いても、義母の美香が男の上で淫らに腰を振っている姿は、否応なく慎一の劣情をかきたてる。

『どう、気持ちいい？』

美香が腰をグラインドさせながら言う。

『たまらんよ。お前のは俵締めマ×コだからな。締めつけがキツイ。おおぅ、くうぅぅぅ』

『そう？　もっと気持ち良くしてあげる』

妖しく微笑んで、美香は腰を縦に振りはじめた。

仄白い尻がゆっくりとあがり、勢い良く振りおろされる。

(卑猥すぎる！)

女の欲望を叩きつけるような動きに、股間のものがビクッと反応した。

いったん血液が流れ込むと、いくら自制してもダメだった。

『ああ、いい……突いてくる。グリグリしてくる……あっ、あっ、はうぅぅ』

美香の上体が徐々にのけぞり、顔がほぼ上を向いた。

カメラからは少しずれているが、仰向いた美香の表情がはっきりとわかる。

うっとりと目を閉じている。

長い睫毛が合わさり、震え、ぽってりとした唇が半開きになって、

『ぁああ、ああ、いい……』

美香が艶かしく喘ぐ。

(ダメだ。昂奮しては!)

だが、股間のものは凄まじい勢いで、ズボンを突きあげる。

慎一は握ってしごきたくなった。だが、相手は同い歳とはいえ、義母なのだ。

その欲望を懸命に抑える。

『ぁああ、ああ、いい……』

美香が喘ぎながら、目を見開いた。

そんなはずはないのに、自分を見つめられているような気がして、慎一はドキッとする。

潤みきり、陶酔のなかにあるボゥとした瞳が自分に向けられているような錯覚をおぼえて、慎一の心臓は鼓動を早める。

美香は上を向きながら腰から下を何かに取り憑《つ》かれたように、激しく大きく振っていたが、やがて、目を閉じて、

『ああ、イキそう……』

うっとりと言って、男の肩を両手で押さえつけ、腰を乱舞させる。

『おおぅ……美香、そうら、イケ。おおぅぅ』

野口が唸りながら下から腰を突きあげた。

『いい、いいの……ぁああ、イクわ。イクぅ』

『そうら、イケ』

『ああ、ぁあああぁ、ぁああうぅぅ……』

美香はビクン、ビクンと震えながらなおも腰を深く落として擦りつける。

その動きが痙攣的になり、野口が美香の腰をつかんで、下から連続して撥ねあげた。美香の肢体が男の上で撥ねて、

『あん、あん……ああ、イク……イク、イク、イッちゃう……はうっ！』

美香はのけぞりながら、大きく震え、それから、憑き物が落ちたようにぱたっと前に突っ伏していく。

そこで、映像は切れていた。

明らかに誰かが編集したのだ。

誰がどのような目的で、とは思った。だが、それ以上に昂りきっていて、もう

何も考えられない。

いまだエレクトしている分身の先から、精液かと思うような先走りの粘液がにじみでて、ブリーフに大きなシミを作っていた。

2

その日、慎一は車を飛ばして、父・重吾の入院している海岸近くの病院に向かっていた。

父が転んで、足を傷めて入院したという報せ《しら》を受け、子供代表として慎一が見舞いに行くことになったのである。

ちょうどいい機会だから、例の映像の真相を確かめたいという気持ちもあった。父にはとても訊けないが、美香がいる。美香は真実を知っている可能性が高いし、上手く切り出せば、何らかの事情は話してくれるかもしれない。

ナビを頼りにたどりついた病院の駐車場で車をとめて、七階にある父の病室に向かった。

消毒液臭い病院独特の匂いを嗅いだのは、いつ以来だろう。

廊下を急ぎ足で歩くナースとすれ違うが、ナースキャップも着けていないし、ズボンを穿《は》いていて、失望した。

やはり、ナースは白いワンピースに白のナースキャップだよな、と思いつつもエレベーターを降りて、教えられていた父の病室に入っていく。

個室であった。

背は低いが、がっちりした体軀《たいく》の父が病衣を着て、ギプスされた右足を吊《つ》られて、ベッドに横たわっていた。その傍らの椅子には、美香が座っている。

「何だ、お前か」

父は慎一を認めるなり、持ちあげた将棋の駒のような顔に落胆の色をあらわにして、頭を枕に落とした。

「浩次が良かったか……来る前に、俺が行くって伝えたはずだけどな」

慎一も負けてはいない。

父の会社に勤め、次期社長候補になっていたら、こうは行かなかった。

自分は父の期待も背負っていないから、ある意味では楽だ。もし浩次なら、こんな口の利き方はできないだろう。

「これ……オヤジの好きな菓子だから」

と、菓子折りを、美香に手渡して、

「で、大丈夫なのか？」

病状を訊くと、むすっとしている父に代わって、美香が答えた。

「ゴメンなさいね、心配かけて。転んだときに膝をひねって、膝の靭帯《じんたい》を損傷しちゃったのよ。でも、しばらく入院して、きちんとリハビリをすれば、元通りになるらしいの。だから、心配しないで」

「そうか……良かった。オヤジももう歳なんだから、気をつけろよ」

「……お前にそんなことを言われる筋合いはない」

父はぷいと顔を横に向けて、

「この時間に来られるってことは、まだ家でくだらん仕事をチマチマやってるってことだな。いつまで内職をつづけてるんだ。さっさと外で働け！」

「いや、遊んでるわけじゃないさ」

「お前のしてることは遊びと同じだ。いや、もっと質《たち》が悪い。適当に働いて、それを言い訳にしてるだけだ。いいか、よく聞け。三十八にもなって、嫁も貰えず、定職に就いてもいない。お前は我が家の恥だ。わかったか！」

的を射ているだけに、返す言葉が見つからなかった。

「もう、お前は見舞いに来なくていい。さっさと帰れ。お前の顔を見てるだけでムカついてくる」

ここまで糞味噌に言われると、ここにいる理由がなくなってしまう。

「わかったよ。じゃあな」

踵《きびす》を返して病室を出ると、しばらくして、美香が後を追ってきた。

走ってきて慎一に追いつき、

「ゴメンなさいね。あの人も、慎一さんのことをすごく心配しているのよ。だから、逆にあんな言い方になってしまうの。誤解しないでね」

「わかってるよ、オヤジの性格は……」

「これから、どうなさるの？」

「帰るしかないな。時間は有り余ってるけど……」

「だったら、うちに寄っていかない？　いろいろと話を聞きたいわ」

美香に例の件でさぐりを入れたい慎一には、渡りに舟だった。

「いいけど……別荘に帰っていいのか？」

「いいのよ。これから、重吾ちゃんはお昼寝の時間なのよ。それに、今から、別荘に帰るって言ってきたから」

美香はチーママ時代の癖が抜けなくて、今も父を「ちゃん」付けにする。

「そう……じゃあ。美香さんは車？」

「タクシーを利用してるけど」

「だったら、乗せていくよ。ここで待っていて。車まわしてくるから」

病院の正面玄関で言うと、

「ありがとう。助かるわ」

美香が怜悧《れいり》な唇をほころばせた。


父の別荘は、その庭から木々を通して海を望める一等地に建っていた。

木材をふんだんに活《い》かした和風建築だが、リビングだけは洋風で、分厚い絨毯が敷かれ、高級ソファが置かれ、広い総ガラスのサッシからは、遠くに霞む水平線や、空と海の境に浮かんだ豪華客船、さらには、点在した漁船を見ることができる。

慎一がサッシ際に立って、澄み渡った青空と深い色に沈む海を眺めていると、着替えを終えた美香が入ってきた。

身体にぴったりとフィットしたドレス風なワンピースを着ていた。だが、袖は透けた素材を使ってあって、シフォン地から腕が透けて見える。

病院では後ろでまとめてあった髪が、今は解かれて、長いさらさらの髪が肩から胸のふくらみにかけて散っている。

やや小柄だが、美しい曲線を描く肢体のすべてを慎一は知っている。映像で見ているだけに、胸に不穏なときめきが走り、その動揺を必死に押し隠す。

「この景色、どう?」

美香が近づいてきて、すぐ隣に立った。

不思議なオーラを持った人だ。それだけで、慎一は官能のオーラに包まれて、心身が妙な具合にざわめく。

「どうって……きれいだよ。心が洗われるようだ。毎日、この景色を眺められるなんて、恨ましいよ」

「……そうでも、ないのよ」

「えっ……?」

「最初はそうだった。でも、見慣れてしまえば、どんな景色だって同じ」

「でも、海は季節や天候によって表情を変えるでしょ」

「ふふっ、確かに、そうね。慎一さん、豊かな感受性をお持ちなのね。見直したわ……座りましょうか」

面はゆい気持ちで、総革張りの黒いソファに腰かけると、美香もすぐその隣に身体を接するように座った。

盗撮ビデオのことを訊くには、またとない機会だ。

だが、どうやって？　切り出せないでいると、美香が言った。

「お父さん、だいぶ弱ってきてるのよ」

「やはり、そうか……」

「わたしもそのうち、重吾ちゃんの介護ね」

「……悪いね。父を押しつけるような形になって」

「いいのよ、それは……結婚したときから覚悟していたから。わたしが財産目当てで結婚したと思ってる人が多いみたいだけど、そうじゃないのよ。わたしはあなたのお父さんを愛していたの。今も……」

慎一も半ば財産目当てだと思っていたから、ちょっと驚いた。

「もしもよ、もしも、重吾ちゃんが亡くなっても、わたしはこの別荘と生活していけるだけのお金を貰えればいいの。それ以外は要らない」

その言葉には嘘はないように感じた。

自分はこの人を誤解していたのかもしれない。

それが、慎一の頭のなかで、あの盗撮ビデオと繋がった。ならば、あれは何だったのだろう？

「あの……ひとつ訊きたいことがあるんだ」

「なぁに……？」

「じつは、この前……」

工事で天井裏にあがったとき、以前に人がカメラを仕掛けたような痕跡があり、隠し戸棚にディスクが収納されていたのを発見したことを告げた。

「それで、それを再生したんだけど……」

「最後まで言わなくていいわ。わたしが映っていたでしょ？　わたしがうちの人じゃない男としていたところが」

「やはり、知ってたんだな」

美香がうなずいて、唇を噛みしめた。

「あれは、どういうこと？　撮ったのは父なんだね？」

問うても、美香はサッシから見える防砂林と彼方《かなた》の海をしばらく眺めていた。

それから、心を決めたのか、ようやく口を開いた。

「こうなったら、真実を伝えるしかないみたいね……あれを撮ったのは、あなたの言うとおり、お父さんよ。これには、事情があったの。じつは……」

美香の口から語られる事実を聞いているうちに、慎一は開いた口がふさがらなくなった。

当時、父は美香を相手にしてさえも、男性器が言うことをきかなくなっていた。勃起しなかった。

ただ、唯一、父が元気になるシチュエーションがあった。

それは、美香が他の男と寝て、それを父が覗くことだったのだと言う。

信じられなかった。あり得ないと思った。

愛妻を他の男にゆだねて、それで昂奮するなんて……。

「父は……あのビデオを見て、つまり……」

美香が静かにうなずいた。

「わたしが男に抱かれる姿を見ながら、重吾ちゃんはあれを大きくさせて、わたしを押し倒してきたわ……『感じてるじゃないか。他の男にされて、いい声あげてるじゃないか。この淫売が！　きれいな顔をしてるのに、身体は娼婦なんだな』って……そのときだけは、ほんとうにすごいの。おしゃぶりする必要もないくらいに硬くなって……」

美香がそのときを追体験しているようなうっとりとした目をした。

当時二人のセックスの凄まじさを思わずにはいられなかった。

だが、こうも訊かずにはいられなかった。

「美香さんは……美香さんはそれで良かったのか？　好きでもない男に抱かれて、女としてどうだったんだ？」

「ふふっ、真面目に物事を考えるタイプね。融通が利かないって、よく言われるでしょう？」

美香が横を向いて、慎一を見あげてくる。その潤みきった瞳にドキッとしながらも、

「よく言われるよ」

「そんなことだから、女が逃げるのよ。あっ、ゴメンなさい」

「そのとおりだよ。で、さっきの質問に答えてないんだけど……」

「燃えたわ。ううん、違う男に抱かれているからじゃないの。今、これを重吾ちゃんが見てるって思うと、彼のかすかな吐息や昂奮した息づかいを感じると……後でこのビデオを彼が見ながら、抱いてくれるんだって思うと……わたし、もう

気がふれたようになって、男にしがみついて腰を振っていた」

当時のことを思い出したのか、美香は瞳を潤ませて、さらににじり寄ってきた。右手をズボンの股間にあてて、撫であげてくる。

「ちょっと……」

慎一は愕然として、美香を見る。

「どういうつもりだ？」

「したいの、あなたと」

美香のアーモンド形の目には、言いようのない女の媚《こび》とさしせまった欲望が浮かんでいた。

「ダメだ。絶対に」

「どうして？　わたしのビデオを見たんでしょ？　昂奮しなかった？　この女と寝たいと思わなかった？」

言いながら、美香は慎一の股間をぎゅっとつかみ、擦りはじめる。

「……思ったよ。思ったに決まってるじゃないか！　だから、ダメなんだ。あなたは、あなたは父の妻なんだぞ。ダメに決まってる」

「でも、血が繋がってるわけじゃないでしょ？　内緒にすれば、誰にもわからない。それに、あなたはわたしのセックスを盗み見たのよ」

「いや、あれは、天井裏に……」

「でも、結果的にはそういうことよ。わたしには貸しがあるの。わたしはあなたに恥をさらしたのよ。その貸しを返してちょうだい」

美香が身を一気に預けてきたので、慎一はこらえきれずにソファに倒れた。

「ちょっと……」

体を起こそうとしたところに、美香がのしかかってくる。

両肩に手をついて体重を載せ、上から見おろしてくる。かつてチーママをやっていた頃の妖艶さをそのまま残した美貌が、まるで獲物を射止めようとでもするように、慎一の上でかすかに微笑んだ。

そして、慎一は金縛りにあっていた。

映像で見た、美香の悩ましすぎる腰振りが襲いかかってきて、思うように力が入らない。

美香が顔を寄せてくる。薄くルージュの載ったぽってりとして縦に皺の刻まれた唇が、慎一の唇に押しあてられる。

男を蕩かすような、甘く刺激的な香水のフレグランスが包み込んできて、理性を痺れさせる。そして、喘ぐような吐息とともに唇が強く合わさり、舌が唇の間をちろちろとくすぐってくる。

歯列をこじ開けるように舌が潜り込んできた。

よく動くなめらかな肉片が、慎一の舌先を突《つ》っつき、裏に忍び込んでくる。舌の付け根から裏をツーッと舐められて、得体の知れないざわめきがうねりあがってきた。

美香は慎一の舌を貪《むさぼ》るようにからめとり、唾液を送り込み、そして、右手でズボンの股間を撫でてくる。

まるで、メスの獣にいたぶられているようだ。翻弄されているようだ。

そして、慎一は射止められた獲物のように動けない。

ズボン越しに屹立をいじっていた指が、ベルトをゆるめ、ブリーフの裏側へとすべり込んできた。じかに肉棹を握られて、慎一は「うっ」と呻く。

依然として、なめらかな舌が慎一の口腔を動きまわっている。そして、股間に忍び込んだ右手は、ぎゅっ、ぎゅっと屹立をしごき、亀頭冠の張り具合を確かめるようにカリをなぞってくる。

慎一が抵抗できないのを見てとったのか、美香はいったん上体を浮かし、ズボンとブリーフに手をかけて一気に引きおろした。

ぶるんっと転げ出てきたシンボルは、恥ずかしいほどに怒張して、亀頭部をぬめ光らせ、慎一はそれを見られた瞬間に、これで抗《あらが》うのはかえって恥ずかしいことだと感じた。

美香は、ソファに仰向けになった慎一の両足の間に腰を割り込ませ、あさましくいきりたっているものを握って、上下にしごいた。

そうしながら、顔を寄せて、茜《あかね》色にてかつく亀頭部に舌を走らせる。

鈴口に沿って丹念に舌を這わせ、唾液をまぶし込み、その唾液をひろげるようにエラに沿って舐めてくる。

今度は頭部を握り、位置を調節して、裏筋に舌を走らせる。

皺袋から上へ上へと舐められると、ぞくぞくっとした戦慄《せんりつ》が走って、思わず下腹部を突きあげていた。

「ふふっ、感じてるようね。うれしいわ」

美香は肉の屹立越しに慎一を見て妖しく微笑み、また、裏筋に上下に舌を這わせる。裏筋だけではなく側面にも舌を走らせ、浮きあがった血管の筋に沿って巧みに舐めあげてくる。

「おおぅ、くっ……！」

湧きあがる快美感に、相手は父の妻だという禁断の思いが、少しずつ消えていく。そして、してはいけないことをしているという思いが、慎一の昂奮をかえって煽り立ててしまう。

分身が上から頬張られた。温かい、そして、潤みに満ちている。

美香はこれ以上は無理というところまで奥深く咥え込み、そして、ゆっくりと引きあげていく。その柔らかな唇が今どこにあるかさえ、はっきりとわかる。

次は、亀頭冠の突出部と窪みを中心に、リズミカルにしごいてくる。

唾液をたたえたぷにっとした唇が敏感な部分をつづけざまに往復すると、甘やかな陶酔が逼迫《ひっぱく》したものに変わり、ジーンと痺れてくる。

（このままでは……）

父の険しい顔が脳裏に浮かんだ。

「くく……ダメだ。やっぱり、ダメだ」

両手で頭を押して、引き剝がそうとした。だが、美香は肉棹に吸いついて離れない。

「やめろ……やめてくれ。ぁああ、それ」

美香の指が、会陰部の急所を強く押してきたのだ。縫い目を強弱つけて押されると、快感が否応なくせりあがってきて、勃起に集まっていく。

すでに自家薬籠中《じかやくろうちゅう》のものと言わんばかりにシンボルをかわいがっていた美香が、ようやく顔を起こした。

「服を脱ぐ間、自分でしていて」

慎一をゾクッとくるほどの美貌で見て、右手を勃起に導き、ワンピースに手をかけた。後ろのファスナーを器用におろし、足から抜き取る。

紫色に白のレースがついたブラジャーとパンティが、美しい肉体を飾っていた。

「しごいて」

美香に言われて、慎一は分身を擦る。意志とは裏腹に手が動いている。いや、もう意志などとっくに消え失せている。甘い陶酔感がひろがるのを感じながら、美香を見つづけた。

美香も慎一と目線を合わせながら、背中に手をまわして、ブラジャーを外した。こぼれでてきた乳房はビデオに映っていた頃より豊かになっているように感じた。だが、形は相変わらず卑猥で、赤い乳首がツンと誇らしげに上を向いている。

慎一の視線が胸に注がれているのを見ながら、美香はパンティにも手をかける。

いかにも高級ランジェリーらしい凝った刺繍の入ったハイレグショーツを、尻を振って剝きおろし、足踏みするように脱いだ。

先日、映像では見たものの、じかに裸身を目にするのは初めてだ。美香が後妻として家に入ったときからの八年間、美香は下着姿さえも見せなかった。

小柄だが、均整が取れている。しかも、出るべきところは出て、もち肌で肉付きがむっちりとしている。

色白で抜けるような肌をしているせいか、ココア色にピンクを振りまいたような乳首の色と、下腹部の繊毛の燃え立つような漆黒の翳りが目を惹く。

愛情などない。なのに、抱きしめて貫きたくなる。

3

美香は一糸まとわぬ姿で、慎一の手をつかんでソファから立たせた。

それから、腕を引いたまま、外の景色に通じているサッシへと導いていく。

総ガラスの透明なサッシに背中をもたせかけ、慎一を見て言った。

「来て……」

すでに、股間のものは手で支えていなくとも、臍に向かっていきりたっていた。自分はもう四十路《よそじ》を迎えようとしている。そんな男がこの凄まじい角度で勃起していることが、どこか信じられない。

屋根裏にあがって以来、性の熱狂に取り憑《つ》かれてしまっている。

慎一は自分もセーターや下着を脱いで、全裸になった。

父の別荘で生まれたままの姿になっている。そのことに、言い知れぬ解放感を覚えていた。だが、どうしても、念を押しておきたいことがあった。

「このこと、絶対に父には言わないでくださいよ」

「もちろん、重吾ちゃんだけでなく、他の誰にも言わない。言うわけがないでしょ。それに……うちの人、もうあれが言うことを聞かないのよ。言ってることはわかる?」

(ああ……そうか、ついにそうなったか……)

六年前に特殊な状況を作らなければ勃《た》たなかったのだから、それもごく自然な流れなのかもしれない。

「彼は指や口でイカせてくれるわ。でも、女の身体ってそれでは満たされないものがあるのよ」

美香は勃起を握って、待ち遠しいとでもいうようにぎゅっと握りしめた。

慎一は美香に同情を覚え、この飢えを自分が満たしてやらなければという気持ちになっていた。

義母の肢体を抱きしめて、唇を奪った。

今度は自分から熱烈なキスを浴びせ、舌をからめる。

「んんっ……」

美香はくぐもった声を洩らしながらも、それに応えて自分でも舌を操って、慎一の舌をからめとろうとする。

上を向いて、慎一にしがみついてくる父の妻を、この瞬間愛しいと感じた。

慎一は唇を離して、乳房を揉みしだく。たわわなふくらみが手のひらのなかで形を変え、吸いついてくる。

ガラスの向こう、斜面に立つ木々の彼方には、波立つ海が見える。

そして、目の前には悩ましい三十八歳の熟れた女体が息づいている。

慎一は体を屈めて、乳首にしゃぶりついた。

静脈が透け出るほどに薄く張りつめた乳房を突きあげるようにして、突起が硬くしこっている。かるく含んで、吸うと、

「あっ……ぁあぁぁ……」

美香は顔をのけぞらせて、肩に置いた手に力を込める。

その敏感な反応が、しばらく女体に接していなかった慎一から不安感を取り除き、自信を与えてくれる。

乳首を吐き出して、今度は舐める。

唾液にまみれた肉色の突起をゆるやかに舌でなぞりあげる。それを繰り返しながら、もう一方の乳房を揉みしだいた。さらに、乳首のトップに指腹を添えて転がすと、

「あっ……あっ……」

美香は感に堪えないという声をあげて、肢体を細かく震わせる。

やはり、三十八歳という女盛りの時期を迎えていて、全身が性感帯と化しているのだろう。そして、それは満たされていない——。

慎一は片方の乳首を舐めしゃぶると、今度は反対の乳首を口に含み、吸う。チュパチュパと断続的に吸引しながら、もう一方の乳首を指で転がす。

「ぁああ、ぁあぁぁ……」

陶酔した声を長く伸ばして、美香は愉悦の海でたゆたっている。

慎一は乳房を離れて、両手で脇腹から腰の側面を撫でおろしながら、自分もひざまずいて、腹部から中心の翳りへとキスをおろしていく。

そのなだらかな傾斜を味わい、黒々とした繊毛に唇を押しつけた。

「あっ……！」

一瞬、腰が撥ねた。

慎一は美香の左足を右手で持ちあげて、膝の裏側に手を入れて、腰のあたりで持ちあげた。

「ぁああ、いや……見えてる」

美香が羞恥《しゅうち》に身をよじった。

漆黒の陰毛が流れ込むあたりに、女の媚肉がわずかなとば口をのぞかせていた。豊かな陰唇はよじれながら外を向き、内側の粘膜がめくれあがるようにして赤くぬめっていた。

ふと、ここを父は舐めているのだと思った。だが、メスの欲情をあらわにしたみだりがわしい女の秘所が、そんなためらいを吹き飛ばしてしまう。

貪りついていた。

汗をかいているのか、ややしょっぱい。だが、内部は濃密な女の匂いと味覚をともなっていて、しかし、それは決していやなものではなく、男の本能をくすぐってくる。

左右にひろがった陰唇の内側がクリーミーな感触を伝えてくる。そして、狭間の粘膜は油を塗ったようにぬらつき、舌が少しの引っ掛かりもなくすべり動く。

「ぁああ、ぁああ……くぅぅぅ」

美香のこらえきれないといった声があふれ、舌の動きに操られるように腰がうねった。

片足を持ちあげられて不安定な腰がもっと強くと言わんばかりに前にせりだし、そして、側面にも欲しいとでも言うように、横揺れする。

絞り込まれようとする足を右手でつかんで開かせ、潜り込むようにして粘膜に舌を走らせ、鼠蹊部《そけいぶ》にも舌を這わせる。

「ぁああ、ぁあああぁ……」

美香は後頭部を打ちつけんばかりにガラスに押しつけ、下腹部を慎一に向かって突き出してくる。

狭間のぬめりをすくいとるように舐めあげていき、その勢いのまま上方の肉芽を弾《はじ》いた。

「あっ……！」

一段と高い声が噴きあがり、肢体が撥ねた。

やはり、ここは一番の性感帯なのだろう。舌で突起の位置をさぐりあて、下からピンッと弾く。上から舐めおろし、次は円を描くように周囲から攻め、肉突起に舌を届かせる。

「ぁああ、ぁああ、ダメッ……そこ、弱いの。ダメッ、それ以上されたら……あっ、あっ、んっ……ぁあああんん」

内腿がぶるぶると震えはじめた。

それとわかるほどの淫蜜が次から次とあふれて、慎一の顎を濡らす。

「ぁああ、ぁああ……ちょうだい。ちょうだいよぉ」

美香は頭を押しつけて、しどけなく腰を振る。

慎一は立ちあがり、猛りたつものを翳りの底に押しあてた。腰を前に出させ、いきりたちに手を添えて、位置をさぐる。

ぬかるみのやや下に、沈み込むような場所があった。切っ先を押しあてて、慎重に突きあげていく。

先端がぬるっとすべった。もう一度やり直して、今度は屹立の先を手で押さえつけ、嵌め込むようにして腰を入れていく。

今度は実感があった。

先端がキツキツの膣道を押しひろげていく。行き止まりまで押し込むと、

「ぁああうぅぅ……！」

眉根を寄せた美香は、後頭部をガラスに打ちつけながら、のけぞった。

女の内部がうごめきながら、分身にまとわりついてくる。波のように次から次へと肉襞が押し寄せてきて、慎一はクッと奥歯を食いしばった。

温かい。そして、淫らに濡れている。

女のなかに入ったのは、いつ以来だろうか？

しかも、相手は美しい義母なのだ。

後ろめたさのようなものが、心の底に寝転がっている。だが、それは性のエネルギーを削ぐものではなく、むしろ、倒錯的な昂揚感が全身を支配している。

美香は肩に手を置いて上体をやや反らせ、肉茎の侵入を深いところへ導こうとしながら、恥丘を擦りつけてくる。

そんな義母を見ると、必然的に外の景色も目に飛び込んでくる。

この癒しの空間のなかで、自分は何をしているのだろう？

だが、それは不思議な解放感をともなっている。

片足を持ちあげながら、ゆるやかに腰をつかった。

美香は上ツキらしく、肉棹が弾き出されることはない。それでも、慎重にえぐりたてる。

「ぁあ、いいの、いい……、ひさしぶりなの。ああ、こんなにいいものだったのね。ぁああ、浮いてる。身体が浮いてる」

優美できりっと締まった顔をのけぞらせながら、美香は譫言《うわごと》のように言葉を紡ぐ。

（ああ、そうだ。俺だって、こんなに女の人を悦ばせることができるんだ）

体内に漲ってくるものがある。

結婚の約束までした女に振られて、慎一は男としての自信を失くしていた。だが、今、確実に性の潮が満ちてきているのを感じる。

慎一はいったん接合を解き、美香に両手をガラスにつかせ、腰を後ろに突き出させた。

肩からつづくラインがウエストにかけて狭まり、一番細いところから急峻な角度で尻がせりだしている。

男をかきたて、この身体を自分の思うがままにしたいと感じさせる身体だった。その悩殺的な後ろ姿を見たとき、父がこの女を欲しがった理由がわかった気がした。

丸々とした尻たぶの底に、濡れそぼった切っ先を押しあて、腰を入れた。よく練られた肉襞が分身を包み込んできて、

「はうぅぅ……！」

美香が頭を振りあげ、ガラスをつかむ指に力を込めた。

ざわめくようにうごめく肉路が、擦ってとでも言うようにせかしてくる。

慎一は両手で腰をつかみ寄せて、いきりたつものを押し込んでいく。カチカチの分身が美香の狭隘《きょうあい》な肉道を深いところまで貫き、押し開き、その蠕動《ぜんどう》が慎一を追い詰める。

歯を食いしばって打ち込んだ。

「あっ、あっ、あん……」

甲高い声をスタッカートさせて、美香が気持ち良さそうに背中をしならせる。

ゆるやかなスロープを描く背中の丘陵の向こうに、空と海の境界線が見える。

ふいにある考えが頭に浮かんで、それを実行に移したくなった。

「美香さん、胸をガラスに押しつけて」

言うと、美香はとまどっていたが、やがて、命じられたとおりに上体を反らして、乳房をサッシに擦りつけた。

腰を抱くようにして、慎一は打ち据える。

衝撃で身体が揺れて、胸のふくらみもガラスに密着しながら、擦れる。

「ああ、これ……乳首が……」

「乳首がガラスに擦れて、気持ちいいでしょう？」

「ええ……そうよ。それに……ああ、見えてしまう。外から見たら、きっとわたしの胸が押しつぶされて、真ん丸になっているのが見えるわ」

「それが、いいんでしょ？　あなたは、人に見られてると思うと、昂奮する。燃えてしまう。父でなくてもいいんだ。誰でもいいんだ」

自分でも思ってもみなかった言葉が、喉元を衝《つ》いてあふれた。

「ああ、違うわ。わたしはあの人じゃないと、ダメ」

そっくりかえるようにして、屹立を押し込んでいくと、美香の放つ声がクレッシェンドしてきた。

4

「あんっ、あんっ、あんっ……ああ、ダメっ……」

後ろに突き出した尻と、内側によじり込まれた足がぷるぷる震えはじめた。

「四つん這いになって」

繋がったまま二人は腰を静かに落とし、美香は絨毯に両手と両膝をつき、慎一はその背後に膝をつく。

視線が低くなって、海はわずかしか見えない。だが、この床に這いつくばる姿勢が、女の気持ちをかきたてるのか、

「ああ、いい……犯されている気分だわ……。もっと、もっと、美香を犯して」

美香がさしせまった声を放った。

浩次と可南子のセックスを思い出して、尻を叩こうかと思ったのだが、思い止《とど》まった。

代わりに、尻肉をいやというほどつかみ、絞りあげた。

「ぁあぁ……くうぅぅ」

尻の厚い肉層を握りつぶすようにして引き寄せ、腰を叩きつけると、

「ああ、いい……あんっ、あんっ、あんっ……」

美香は顔を上げ下げして、快感の到来を表す。

尻を離して、今度はやさしく愛撫する。微熱を帯びて赤く染まった尻を、ゆるゆると手のひらで撫でる。

すると、美香は自ら腰を前後に打ち振って、抽送をせがみながら、

「ぁああ、いい……気持ちいい。溶けてく……溶けてくわ」

心の底から気持ち良さそうな声をあげる。

慎一は右手を伸ばして、乳房を揉みしだいた。

柔らかく豊満な乳肉のしなりを味わい、驚くほどに硬化している乳首をつまんでこねまわした。

ラジオのツマミのように左右にねじり、真ん中の乳頭を指で引っ掻《か》くように刺激すると、

「ぁああ、それ……あっ、あっ……」

美香はオコリにでもかかったように、ビクン、ビクンと肢体を痙攣させる。

慎一はふたたび尻をつかみ寄せて、思い切り打ち込んだ。

「あっ、ああ、ぁああ……」

美香は低く、腹の底から絞り出すような声をあげて、えぐり込むたびに、下垂した乳房が絹豆腐のように波打つ。

「あっ、あっ、あっ……ぐっ……」

美香が崩れるように前に突っ伏していった。

絨毯に腹這いになった女体に折り重なるように、慎一は身体を合わせる。

そして、右手を肩口からまわし込んで、美香を引き寄せながら、力強く叩き込んだ。

怒張が尻の間にめり込み、美香は必死に尻をせりあげて、深いところへ屹立を受け入れようとする。

「ぁああ……いい。いい……くる……きそうよ」

慎一は腕立て伏せの格好になって、上体を持ちあげ、下半身をバネのようにつかって、ぐいぐい打ち込んでいく。

「あんっ、あんっ、あんっ……いい。いいの……イクぅ……」

「そうら」

慎一は遮二無二《しゃにむに》なって腰を打ち据えた。

背中を見ていた顔をあげると、ガラスを通じて、庭の芝生と木々が見え、その向こうで青い海の表面が宝石のように煌《きら》めいていた。

解放感が全身を満たし、その裏腹の義母と繋がっているという罪悪感が溶け合って、信じられないほどの快感が押し寄せてきた。

「くる……くる、きちゃう……！」

「美香さん、イクんだ。俺も出す……」

腕を立て、腰をぐいぐいと尻に押しつけていると、

「イクぅ……あっ……やぁあああぁぁぁぁぁぁぁ、くっ！」

美香が嬌声《きようせい》を噴きあげ、のけぞった。

駄目押しの一撃を叩き込んだとき、慎一も男液を噴きあげていた。


どのくらいの時間が経過しただろう。かすかな潮騒の音を耳にして絨毯に寝転がっていると、美香が立ちあがった。

そして、リモコンのようなもののボタンを押した。

「それは？」

「カメラの操作をするためのリモコンよ」

「……カメラ？」

「ええ、あそこに……」

美香が指さしているのは、天井から吊られたアンティークなシャンデリアだった。

「あそこに、ＣＣＤカメラが組み込まれているのよ」

「……撮ったのか？」

「ええ、撮ったわ。これが、あなたの父親のやり方なの」

「つまり、あなたが男を引き込んで、それを撮って、オヤジが……」

「そうよ……」

慎一は言葉を失った。

「きっと、彼はこれでまた元気になるわ。わたしを他の男に取られたくないから……大丈夫よ。もちろん、あなただってことはわからないようにするから。そこは信用して」

「ダメだ。よしてくれ。正体がわかったら、大変なことになる」

「やはり、心配なのね。そうよね、あなたとわたしがセックスしたなんてことがわかったら、あの人は何をするかわからないもの。だから、そこは信用して。しっかりと修整を入れるし、声も変えるから」

「……」

「そろそろ帰りなさい。わたしは映像を確かめなくちゃいけないから」

美香が、もう慎一には用がないとばかりに、レコーダーが仕込んであるだろうテレビ台に向かった。

(父の回春のために俺を誘惑して、終われば、お払い箱と言うわけか……)

まんまと計略に嵌まった自分に腹が立った。だが、考えてみれば、美香がそれだけ父を愛していることの証《あかし》でもある。

慎一は急いで服を着て、別荘を出る。

愛車を運転してカーブの多いだらだら坂を降りていくと、海が近くなってきた。

第四章　覗きと情事

1

海辺の別荘から帰宅してしばらくは、茫然自失していた。

父がこの家で行っていたおぞましい行為が、そして、美香の誘いに乗って、抱いてしまった自分の迂闊《うかつ》さが、慎一を打ちのめしていた。

だが、一日経ち、二日過ぎると、抑え込まれていた欲望が込みあげてきて、気づいたときには屋根裏にあがっていた。

インターネットで小型カメラを二台取り寄せて、弟夫婦と藍子の部屋の天井裏に設置した。ケーブルを天井裏に這わせ、自室に引き込んで、パソコンに繋いだ。

慎一はパソコンを三台持っているのだが、そのうちの二台は常時、二部屋の映像が見られるようにセッティングした。

家人が部屋にいない間はただ誰もいない空間をとらえているだけだが、誰かが部屋に入ってきたときは、面白い映像を見られた。

屋根裏にあがって、じかにこの目で見るよりもリアリティはなく、二次元的映像を物足りなくなる感じることもある。

だが、自分が部屋にいながら、二部屋の様子をうかがうことができるのだから、便利だし、危険性が少ない。

結局自分は、目的は違うものの、嫌っている父と同じことをしている——。

自己嫌悪を抱くものの、しかし、欲望の前では、道徳心や倫理など無いに等しい。いや、きっと禁じられるほどに、ゆがんだ欲望は発露を求めていっそう強くなるのだ。

そう考えて、自分の欲望を正当化した。

その日の午後、慎一が頼まれた仕事をしていると、常時二つの部屋を映し出しているパソコンの画面に、人が入ってくる場面が映った。

キーを叩く指を止めて、液晶ディスプレイに目を留める。

可南子だった。

可南子がケータイを耳にあてて、何かを喋りながら、夫婦の寝室に入り、ドアを閉めた。

(誰からだろう？　わざわざ自室まで来て、応答しなければいけない電話とは？)

俄然興味を惹かれて、見入った。

音声ボリュームを大きくすると、可南子の声がはっきりと聞こえてきた。

『お願い、もうかけてこないで』

どうやら、歓迎すべき電話ではないようだ。

可南子はベッドのエッジに腰をおろし、相手の話をケータイを握りしめるように聞いている。

『これ以上かけてきたら、警察に訴えますよ……もう、過去のことでしょ。いい加減、諦めてください』

ピーンときた。

おそらく、相手は可南子が以前につきあっていた元カレか、何かだろう。その男が可南子を諦めきれずに、復縁をせまっているのか？

弟と結婚したのが、二十七歳。可南子ほどの美人で性格のいい女であれば、結婚前につきあっていた男がいてもおかしくはない。年齢的にもむしろそれが自然だろう。

そうだとしても、結婚した相手にしつこく電話をかけてくる男は、やはり、執着が普通ではない。

『……それは、やめて……絶対に』

何だ？　何をやめてと言っているのだろう。相手の言葉が聞こえないのがもどかしい。

『えっ……？　できません。馬鹿なことを言わないでください』

可南子は何かを拒否しているようだったが、やがて、

『わかりました。すればいいのね？　すれば……ええ、わかりました』

可南子はいったんケータイをベッドに置き、クリーム色のセーターを脱ぎ、スカートに手をかけておろした。

シルクベージュ色のスリップ姿でベッドに横たわって、ケータイをつかんで耳にあてた。

『えっ……できません。……わ、わかりました』

可南子はスリップのなかに手を入れて、水色のパンティをおろし、抜き取った。

そして、右手をスリップのなかに入れる。

まくれあがったスリップからむちっとした太腿がのぞき、右手が股間をさかんに擦っているのがわかる。

（オナニーか？　オナニーするように言われたんだな）

これほどのことを可南子がするというのは、脅されているからだろう。

（そうか……以前につきあっていた男がそのことを浩次に言うと脅せば……いや、それでは弱い。ははん、エッチ写真でも持っているのかもしれない。ハメドリした画像を、浩次に見せると脅せば……）

あくまでも想像の域《いき》を出ていない考えだ。しかし、そう考えれば、納得はできる。

『……えっ、声を……』

可南子はぎゅっと唇を噛みしめていたが、やがて、

『あっ……ぁあぁ……ぁあああぁ……』

と、声を洩らしはじめた。おそらく、オナニーしながら喘ぎ声を聞かせろ、と言われたのだろう。

『はい……ぁあぁ、あうぅぅぅ』

可南子の喘ぎが一段と高まった。もっと、大きな声を出せと言われたに違いない。

自分の声に煽られたのか、可南子は大きく足をひろげて、下腹部をせりあげる。右手で股間をいじりながら、左手に持ったケータイのすぐ横で、抑えきれないといったしどけない声をあげる。

（これは……？）

いやいややっているようには見えない。最初は拒んでいたのに、途中から自分もその気になってきたのではないか……。

おそらく、可南子はその男とのセックスで、めくるめくような体験をしたのだ。かつての恋人の声を聞くうちに、その甘やかな記憶が身体によみがえってきて、気持ちとは裏腹に昂ってしまう――。

勝手な想像ではあるが、そう思うと、体の底から昂揚感が持ちあがってくる。

『えっ……音を？　いやです……わかったわ』

可南子は左手のケータイをおろしていき、太腿の奥の指が届いている部分に、近づけた。

いっそう大きく足をひろげ、右手の中指を陰唇の狭間に押しあてて、ノックするように躍らせた。細かく叩いている。

おそらく、今、相手の男には「チャ、チャ、チャ」と粘膜に指がくっつき、離れる際に起こる音が聞こえていることだろう。慎一にはその音は届かないが、想像はできる。

『ああ、いや、いや……こんなの』

可南子は首を左右に振りながら、左手のケータイを股間に近づけて、恥辱的な粘着音を懸命に拾っている。

ディスプレイには、シルクベージュの光沢感あふれる薄布をはだけさせた可南子が、鈍角に足を開き、あらわな太腿の奥に両手を伸ばす姿がはっきりと映っている。

やがて、可南子は右手の中指と薬指を揃えて、狭間に押し込んだ。

『うっ……！』

顎を突きあげて、ととのった顔をのけぞらせる。

可南子は指を体内へと送り込み、

『ぁぁああ、ぁあぁぁ……』

と、陶酔している声をあげながらも、左手で握ったケータイをその音の発信源に近づける。

きっと相手の男には、指が粘膜を引っ掻くいやらしい抽送音が届いているだろう。

次第にその指づかいが速度を増し、ピッチもあがった。

可南子がケータイを股間から離して、耳にあてた。そして、

『ああ、ヨシオ……もう、イッちゃう。可南子、もうイッちゃう』

男の名前を呼びながら、しどけない声をあげる。

(そうか……相手の男は、ヨシオというのか……そう言えば、以前に可南子がオナニーで昇りつめそうなときに、男の名前を呼んでいた。あれも、ヨシオではなかったか……ということは……)

可南子がひとりでする際に、性的な昂揚をもたらしてくれる男は浩次ではなく、ヨシオなのだ。

『ああ、はい……そうよ、そう……あっ、あっ……いや、イクわ、イク……』

可南子は下腹部を高々と持ちあげ、その中心に指を速いピッチで送り込んでいる。

（ああ、可南子……お前は、浩次を裏切って……）

慎一もズボンのなかの勃起を握りしめて、しごいた。

何往復かさせただけで、頭が蕩けるような快感がうねりあがってくる。

可南子は指を抜き差ししながら、腰を大きく上下動させた。それから、腰をせりあげ、

「イク……くっ……！」

のけぞりかえりながら、絶頂の声をあげて、ガクッ、ガクッと躍りあがった。

それから、精根尽き果てたようにベッドに腰を落とした。

2

「おい、ちょっと……これじゃあ、モヒカン刈りじゃないか」

「大丈夫ですよ。こうやって、ととのえれば……」

慎一は、藍子の部屋でヘアモデルをやらされていた。

ドレッサーの前の椅子に座り、後ろから、藍子が覆いかぶさるようにしてハードワックスを慎一の髪に塗りたくっている。

散髪代が浮くからいいのだが、藍子はこの中年モデル相手に、若いイケメンに似合いそうなヘアスタイルを作ろうとするから、困ってしまう。

今も、韓流の若い男性スターが似合いそうな、側頭部を薄くした、頭頂部がモヒカン風にせりあがった髪形に挑戦している。

「サイドをタイトにして、縦をふくらませたほうが、若く見えるんですよ」

「それはそうかもしれないけど、俺はもうオッチャンなんだから」

「三十八歳でしょ。男の三十八なんて、まだヒヨッコですよ。男のほんとうの魅力は五十路《いそじ》を迎えてから、にじみでるものなんだから。今から老け込んじゃ、ダメです」

ドレッサーの鏡に映った藍子はタイトフィットなニットを着て、ミニスカートを穿いている。

少し前に、電動マッサージ器を使ったオナニーを覗き見ているだけに、どうしても心が乱れる。

相変わらず生意気な口を利くなと思いつつも、

「そ、そうかな……」

と、言いくるめられたような返事をしてしまう。

藍子がサイドにまわった。

慎一は肘掛けに両手を置いているので、その右手に藍子の腹部が触れて、柔らかくてぷっくりした肉層を感じる。

腕を引こうかとも思ったが、かえって、意識していることがばれてしまいそうな気がして、そのままでいる。

藍子は知ってか知らずか、ミラーと実物を交互に見て、髪形のシルエットをととのえている。今までも時々こうやって、肉体をくっつけてくることがあった。

これまでは偶然だろうと考えていたが、電マオナニーを見ているだけに、ドギマギしてしまう。

藍子はまた背後にまわり、

「はい、完成。メリハリが効いてて、ステキでしょ？」

と、鏡のなかの慎一を見る。

「あ、ああ……確かに若返ったような気がするよ」

「そうでしょ？　良かった。わかってもらえて」

藍子は慎一の首からマントのような布を外して、周囲に散っている毛を集める。

慎一は立ちあがって、ライティングデスクの前の椅子に腰をおろした。

服についた毛をコロコロで取った藍子が、ベッドに座る。ミニスカートから突き出した足は一直線に伸び、最近の女の子の脚線美に感心せずにはいられない。

「わたし、お兄さんの秘密、知ってるのよ」

藍子がいきなり爆弾発言した。

「えっ……秘密？」

「そう……覗いてるでしょ。この上から」

藍子が天井を指さした。

「い、いや……」

「いいのよ。わかってるんだから、ウソはつかなくていいです」

背中にヒヤッとした汗が噴き出してきて、慎一はどう対応していいのかわからず、しどろもどろになった。

「この前、天井でカサッていう小さな物音がして、どことなく軋んでいるようにも感じるし……おかしいなと感じて、可南子さんに天井にあがる道があるかって訊いたら、和室の押入れからあがれるって……それで、あがってみたら、小型カメラが取り付けてあって、ケーブルが伸びてた。それをたどっていったら、すべてお兄さんの部屋に通じてた。それで、ピンときたのよ……この前、お兄さんの部屋に忍び込んで、パソコンを起動させたら、わたしの部屋と二人の寝室が映ってた。お兄さん、やってるよね」

体中の血液がスーッとさがっていくようだった。

普段は、パソコンが見られないようにパスワードでロックしてあるのだが、そのときだけは運の悪いことに解除してあったのだろう。

そこまで証拠を見られていては、言い逃れはできない。

「……ゴメン。悪かった。申し訳ない。このとおりだ」

窃視の件を弟夫婦に知られたら、という気持ちが、プライドを捨てさせていた。

慎一は床に座って、額を床に擦りつけていた。

(こんなことをしても、許してはくれないだろうな)

土下座をつづけていると、藍子が言った。

「お兄さん、いいから頭をあげてください」

「いや……ほんとうに申し訳ない」

「いいですって……このことは誰にも言いません。わたしの胸にしまっておきます。でも、ひとつだけ条件があります」

「えっ……？」

希望を見いだして、思わず顔をあげていた。

「条件って？」

「以前から、覗きってすごく興味があって。だから、今度、わたしを連れて屋根裏にあがってもらえませんか？」

「……そんなことしなくても、ディスプレイで見られるぞ」

「それじゃあ、つまらないでしょ。屋根裏にあがって、実際に覗いてみたいの。浩次さんと可南子さんの寝室を」

それで許してもらえるなら、おやすいものだ。しかし、危険がともなうし、倫理的にもどうなのか。

「いいけど……俺は慣れているけど、藍子ちゃんは……」

「だったら、その前に誰もいないときに試してみます。それで物音を立てずに歩けるようになったらでいいです。お兄さん、ダメとは言えないでしょ？」

確かに、受け入れるしかないのだ。

「……わかった。そうしたら、もうあの件は……」

「言わないですよ。だって、言えなくなるでしょ。わたしも覗き見をすれば、同罪でしょ」

「ああ、そうだな、確かに」

「決まりね。じゃあ、早速練習しようよ。今は浩次さんも可南子さんも外出中でしょ？」

「おいおい、やけに積極的だな。まあ、いい。じゃあ、動きやすい格好をしてくれよ」

「ふふっ、わかったわ。愉しみ！」

藍子は慎一が見ている前にもかかわらず、嬉々として着替えをはじめた。


金曜日の夜、慎一は藍子とともに屋根裏にあがった。

これまでの監視の結果、二人は浩次の休日の前夜に、つまり金曜日の夜にセックスをする確率が高いことがわかっていた。浩次も翌日に仕事が休みだと、気持ちが解放されて妻を抱きたくなるのだろう。仕事に関しては臆病なくらいに几帳面な浩次らしい習慣である。

天井裏の梁を慎重に歩いていく慎一のすぐ後を、藍子がついてくる。

ルームウエアとして使っている、灰色に赤い大きな文字が入ったスウェットのパーカーに、パンツという格好をしていた。これまでの練習でコツを会得したのか、楽々とついてくる。

二人は足音を立てないよう、天井を軋ませないように、弟夫婦の寝室の天井裏まで歩いていく。

慎一はこのために、天井裏に細工をしておいた。分厚いコンパネを横木の間に張りわたして、二人がそこに乗っても、天井板に響かないようにした。

覗き穴は小さいものが三つ。そのうちのひとつには小型カメラが設置してあり、他の二つから各々が覗けるようになっている。

二人は顔を寄せ合うようにして、覗き穴に顔を寄せた。

部屋には照明が灯っていて、浩次と可南子の姿を煌々《こうこう》と照らしている。

等身大のミラーの前に立っている可南子の姿を見て、アッと思った。

可南子は白い夏用のセーラー服を身につけていた。

アルバムの写真で見たことがあるから覚えている。

可南子の通っていた高校の制服である。白い半袖のセーラー服に、紺色のギャザーの入ったミニスカート――シンプルだが、いかにも女子高生らしい制服だ。

（浩次の奴、コスプレまでしていたのか……！）

父といい弟といい、梨本家の男はいったいどうなっているのか？　自分も最近は同じ穴のムジナではあるけれど……。

「スカーフもきちんと結べよ」

背後に立った浩次が、ミラーのなかの可南子に言った。

うなずいて、可南子は臙脂《えんじ》色のスカーフを胸前で結び、リボンのようにする。

白いセーラーカラーには、臙脂の二本線が入っていて、そこに長い髪が枝垂れ落ちて、散っている。

十数年前、可南子はきっと絵に描いたような清楚な女子高生だっただろう。だが、現在は二十九歳で、女としての成熟度を深めている。

そんな可南子がセーラー服を着ると、確かに違和感はある。だが、それはひどく卑猥な違和感で、まるで、女教師が生徒の制服を着ているような妙な色気を感じてしまう。

「浩次さん、やるね」

藍子が感心したように、小声で呟いた。

(やるね、って……遊び相手にはするかもしれないが、普通、妻にはセーラー服など着せないだろう)

この前は、可南子を縛っていた。浩次はビジネスでは慎重派で絶対にリスクを冒すことはしないようだが、セックスに関しては、自由というより我が儘放題のようだ。

浩次がベッドに腰をおろし、その前にセーラー服姿の可南子がひざまずいていた。バスローブがはだけて、陰毛の茂みから肉柱がいきりたっている。やはり、愛妻にセーラー服を着させて、浩次もいつも以上に昂っているのだ。

「しゃぶれよ」

相変わらず、浩次は傲慢である。

可南子がうつむいて、いやいやをするように首を振った。

「やれよ！」

浩次が右手を後頭部に添えて、可南子の顔を引き寄せた。

ギンとしたものを力ずくで口腔に押し込まれて、可南子が「ぐふっ」と噎《む》せた。

悲しそうに浩次を見あげるその哀切な顔が、上から覗いている慎一にははっきりと見えて、ドキッとした。

可南子はおそらく元カレだろう男に脅されて、テレホンセックスまで強要され、そのなかで昇りつめた。最初はいやがっていたのに……。

たぶん、相手に強引に出られると、拒めなくなってしまうのだ。そして、最後は自分もその状況に昂ってしまう――。

しばらくじっとしていた可南子が、静かに顔を振りはじめた。

「手を後ろにまわせよ。右手で左手首を握って」

浩次に命じられて、可南子は両手を背中の後ろで繋いだ。

その不自由な姿勢で、ゆったりと顔を揺すって、猛りたつものに唇をすべらせる。

（おおぅ、おお……）

慎一は心のなかで昂奮の雄叫びをあげていた。

可南子を斜め後ろ上から見る形になり、頬張っているところは顔に隠れて、すべて見えるわけではない。

だが、セーラーカラーのすぐ下で手首を握りしめる指が、ギャザースカートからのぞくふくら脛《はぎ》が、そして、折り返しのある白いソックスが、慎一を懐かしい官能の世界へと連れていこうとする。

そのとき、「ぁあぁぁ……ぁあぁ……」と、女の喘ぎ声が間近で聞こえた。

ハッとして顔をあげると、藍子が右手を腹のほうから潜らせて、室内を覗きながらも、身をよじっていた。

天井裏に這っているせいで後ろに突き出された尻が、右手の動きにつれて、くなっ、くなっと揺れている。

（おいおい……）

近頃の若い女性の一部は、性に関してオープンであるとは聞いていた。だが、まさか、覗きをしながら自らを慰めるとは、男性と一緒ではないか。

「うっ、うっ……うぐぐ」

可南子のつらそうな声が聞こえて、慎一は覗き穴に目をくっつける。

浩次が立ちあがって可南子を押さえつけ、小さな口に肉棹を押し込んでいた。腰を振って、強引に屹立を沈み込ませている。

苦しそうに顔をゆがめていた可南子が、耐えきれなくなったのか、後ろ手を解いて、その手で浩次の下半身を突き放した。

ゴフッ、ゴフッと噎せる。

「コラッ、誰が手を使っていいと言った？　相変わらず、自分勝手な女だな……罰だ。ケツを舐めろ。手をつかんだまま！」

浩次はどこまでも横暴だった。

可南子が背中に腕をまわして、姿勢を斜めに傾《かし》がして、浩次の股ぐらに顔を潜り込ませた。

なかば上を向く形で、浩次の開いた足の間を懸命に舐めている。

「ケツの穴に届いてないんだよ」

「……すみません」

可南子はさらに股ぐらに顔を突っ込んで、アナルを舐めようとする。バランスを崩して、片手を床につくと、すかさず浩次の叱責が飛ぶ。

「この下手くそが！　もう、いいから、袋を頬張れ。キンタマを」

「……はい」

奥まったところにあるアナルより、睾丸のほうがはるかに舐めやすいはずだ。

可南子は苦役から解放された安堵感をにじませて、片側の睾丸袋に舌を走らせる。

そして、浩次はキンタマを愛撫されながら、右手で肉棹を握りしめて、きゅっ、きゅっとしごいている。

(何という男だ！)

浩次に苛立《いらだ》ちに似た怒りを感じながらも、可南子の姿に頭の芯が蕩けるような昂奮を覚えてもいた。可南子は清純さのシンボルであったセーラー服を身につけていて、そのことがいっそう慎一の劣情をかきたてるのだ。

「しゃぶり方が下手だから、ちっとも感じないな」

浩次が吐き捨てるように言って、ベッドにあがった。可南子を呼び寄せて、正面から抱きしめ、押し倒す。

半袖のセーラー服をまくりあげ、あらわになった乳房をぐいぐいと揉みしだいた。

さらに、乳房の頂《いただき》にしゃぶりつく。

赤い突起を吸われ、舐められて、可南子の気配が変わった。

「あっ……あうぅぅ……くぅぅ」

慎一のほうを見ている顔がのけぞって、紺色のスカートから突き出した足が開いて、突っ張った。

さらに舌を乳首に打ちつけられて、スカートに包まれた下腹部がせりあがりはじめた。

「ぁああ、ぁああ……」

陶酔したような声をあげ、顔をいっぱいにのけぞらせる。

セミロングの黒髪がシーツに扇状に散り、その真ん中にあるやさしげな美貌が愉悦の色に染まっている。

踝《くるぶし》のところで折り返された白いソックスが、ずりずりとシーツを擦り、すでに成熟した女の太腿がその仄白く、むっちりとした姿をのぞかせる。

「高校生のくせに、感じやがって……色狂いしてるな、お前」

浩次は愛妻をそう揶揄《やゆ》して、胸前のリボンを解き、襟元から抜き取った。

可南子の両手を前で合わせ、手首にスカーフを巻き、強く締めて結んだ。

ひとつになった手を頭上にあげさせて、

「ずっとこのままだぞ。わかったのかよ！」

「はい……」

可南子は怯《おび》えたような目を向ける。

浩次は可南子の下半身のほうにまわり、足をすくいあげた。そのまま、尻がベッドを離れ、腰が浮きあがる位置まで、持ちあげる。

「ああ、いや……」

制服のスカートが垂れ落ちて、ノーパンの下半身があらわになった。

清楚なセーラー服の裏には、成熟した女の肉体が潜んでいた。適度に肉のついた三十路前の尻、太腿が露出して、その狭間で女の媚肉が卑猥な色をあらわにしているのがはっきりと見えた。

「いい格好だよな」

浩次が女の秘所に顔を寄せた。

そこに吸いつき、舌を這わせる様子が、顔の動きでわかる。

「ぁあ、ぁあああ、あうぅぅぅ……」

可南子はひとつになった手を頭上に置き、抑えきれない声をあげた。

セーラー服からこぼれた乳房は透き通るような肌色で、頂上の突起が痛ましいほどに張りつめて、天井を向いている。

3

そのとき、慎一は股間に何かが触れるのを感じた。

藍子の手だった。

眼下の痴態を覗きながら、藍子は右手を慎一の股間に伸ばして、やわやわと揉みしだいているのだ。

「よせ……」

低く、訴えた。

だが、藍子は顔をあげて、慎一のズボンとブリーフを膝までおろした。

飛び出してきた肉の棹が恥ずかしいほどにいきりたっているのを見て、藍子が薄く笑った。

血管が浮き出た肉茎を握りしめて、きゅっ、きゅっとしごいた。擦りながら、ふたたび、眼下の部屋を覗き込んだ。

まさかの行為に、慎一は驚き、とまどった。だが、これこそが自分が密かに求めていたものなのかもしれない。

甘い快感が押し寄せるなかで、慎一もまた部屋を覗いた。

浩次がクンニをやめて、可南子の足の間に腰を割り込ませるところだった。いきりたつものに指を添えて、唸りながら腰を入れていく。

「ぁああ……！」

可南子がひとつにくくられた両手をあげたまま、顔をゆがませた。

浩次は繫がったまま上体をかぶせていき、右手で乳房を揉みしだく。

白いセーラー服からこぼれでた形のいいふくらみを押しつぶさんばかりに揉み抜き、可南子の表情をじっと上から眺めている。

指先が一転して繊細な動きで、乳首をこねた。

「ぁああ、ぁあああ、いい……感じるの。感じる……あっ、あっ……」

可南子の肢体がガクッ、ガクッと震えはじめた。

顎を突きあげ、仄白い喉元をいっぱいにさらして、聞いているほうがおかしくなるような哀切で切実な喘ぎ声を洩らす。

「ああん、たまらない……」

近くで吐息に似た声がした。

藍子は、穴に目を寄せたまま、昂りをぶつけるように、慎一の勃起をぎゅっ、ぎゅっと強くしごいてくる。

「あんっ、あんっ、あんっ……」

下の部屋からは、可南子の甲高い喘ぎが聞こえる。

浩次が上体を立てて、激しく腰を打ちつけていた。

そして、天井裏では分身にからみついたしなやかな指が、包皮を亀頭冠の出っ張りにぶつけるように、大きくしごいてくる。

慎一は湧きあがる快感で、声が出るのを必死に抑えた。

自分の指よりも、女の指のほうがいいに決まっている。

(これこそが、自分が求めていたものではないか?)

肉棹の先から、先走りの粘液がまるで精液のようにしたたり落ちている。

藍子が上体を立てて、低い声で囁《ささや》いた。

「ねえ、これを入れて……もう、ガマンできない」

慎一も同じ気持ちだった。ここまでくると、やはり、分身を女のなかにおさめたくなる。それに、部屋ではこの映像も見られる。

「部屋に戻ろう。実況中継が見られるから……」

耳元で囁くと、藍子が首を左右に振って、小さな声で言った。

「ここで、したい……」

「いや、だけど……」

「今すぐ、したいの」

そう言って、藍子はスウェット地のパーカーの前のファスナーをおろしていく。

本来なら真っ暗な屋根裏は、コンパネに置かれた二つの懐中電灯で局部的に内部を照らされていた。

そして、藍子はパーカーの下には何もつけていなかった。

こぼれ出た二つの乳房が、下からの明かりで白々と浮かびあがって、そのリング状の照明で陰影を深くした若い乳房に、息を呑んだ。

コクッと生唾を飲みながらも、理性がストップを命じてくる。

ためらっていると、藍子が右手を伸ばしてきた。

両膝立ちになった慎一の屹立に指をからませて、しごいてくる。

「くっ……」

湧きあがる快感に、正常な意識が揺らぐ。

藍子が前屈して、這うような形で股間のイチモツにしゃぶりついてきた。

「おっ……！」

温かく、濡れた口腔が分身を包み込んでくる。

信じられなかった。これまで一人で徘徊してきた屋根裏で、フェラチオされているのだ。自分の指ではなく、温かい女の口腔にくるまれているのだ。

藍子は両手をコンパネについた格好で、ゆっくりと顔を打ち振る。

柔らかな唇が勃起の表面をゆるやかにすべり動く快感に、慎一は目を瞑る。

すると、下の部屋から、

「ぁああ、ぁああ、いいの、いい……おかしくなる。浩次さん、可南子おかしくなってる」

可南子の悩ましい声が聞こえてくる。

ないか)

(こんなに都合のいいことが起こるわけがない。もしかして、夢を見てるんじゃ

おずおずと目を開けてみる。

木材が剝き出しになっている広い屋根裏が、懐中電灯のリング状の明かりに照らされて、異様な化け物屋敷のようにも見える。

視線を落とせば、乳房をあらわにした若い女が、背中をしならせ、尻を突き出して、自分のいきりたちを唾音を立てて頬張っている。

やはり、これは夢ではない。間違いなくリアルだ。

この姿勢でのフェラチオはつらいのだろう。藍子が顔を振るのをやめて、肩で息をする。

ふいに、ひとつの欲望が頭をもたげてきた。

無理を承知で言ってみた。

「頼みがあるんだ」

藍子が頬張ったまま、見あげてきた。

「おしゃぶりされながら、覗きたいんだが……ダメか?」

思い切って言うと、藍子はちゅるっと肉棹を吐き出して、

「いいですよ。じゃあ、覗いてみて。四つん這いで」

うなずいて、慎一は覗き穴に目を寄せる。

小さな穴から、ベッドの上の二人が見えた。

可南子も四つん這いになっていて、背後に張りついた浩次がさかんに腰をつかっている。そのとき、藍子が仰向けになって、慎一の尻のほうから顔をすべり込ませてきた。

慎一の勃起はいきりたって、臍のほうを向いている。

その肉棹を藍子は手で導き、しゃぶりついてきた。

「ぐっ……！」

温かい口腔にくるみ込まれる快感に、慎一は低く唸った。

慎一は藍子の肩をまたいで、這う形で覗き見しながら屹立を咥えられている。

下腹部にまったりとした心地よさを感じながら、慎一は覗き穴に目を寄せる。

セーラー服姿で這いつくばった可南子を、浩次が後ろから犯している。

スカートは完全にまくれあがり、色白の双臀が剝き出しになっていた。その成熟した肉尻を浩次はつかみ寄せて、肉棹を叩き込んでいる。

丸々とした尻たぶの狭間に、肉の柱が根元まで嵌まり込んでは姿を消し、また、現れる。

そして、打ち込まれるたびに、可南子は「うっ、うっ」と呻き、くくられた両手を前に投げ出す。

慎一はその光景を歓喜とともに覗きながら、腰をゆっくりと上下させた。

すると、上を向いた藍子の口腔に、分身が突き刺さる。

この体位だと、藍子は自分から積極的に動けない。だから自分が——と思ってしたことだが、まるで、女性の膣に嵌めているようで、どんどん快感が高まってくる。

柔らかな唇が勃起の表面をすべり、口の奥まで打ち込むと、全体が包まれて快感が上昇する。

「あっ……あっ……くっ！」

下の部屋では、浩次が尻を平手で叩いた。

ピシャッと乾いた音がして、可南子がビクッと背中をしならせる。

「そうら、いけない子にはお仕置きだ」

浩次が連続して、尻たぶを右手で叩いた。

「うっ……うっ……」

断続的に肢体を痙攣させながらも、可南子は決して弱音を吐くことはない。

浩次がスパンキングをやめて、尻たぶを一転してやさしく撫でまわす。

そして、可南子は「ぁあああ、ぁああぁ」と気持ち良さそうな声を出す。そこに、また後ろから強く打ち据えられて、

「あっ……あっ……いい。いいの……」

可南子の声が天井裏にも、はっきりと聞こえる。

その間も、慎一は腰を振りつづけていた。

覗く快楽とフェラチオされる快感が混ざり合って、これまで味わったことのない悦びが全身を満たした。

自分が可南子の体内にシンボルを打ち込んでいるような錯覚さえおぼえる。

甘い陶酔が射精へと至ろうとしたとき、藍子が肉棹を吐き出して、言った。

「ねえ、わたしのも舐めて」

藍子がそう考えるのもうなずける。だが、どうやって……そうだ。

「男が上になるシックスナインをしよう」

言うと、藍子が灰色のスウェットパンツに手をかけ、剝きおろした。やはり、パンティは穿いていなかった。ブラジャーもパンティもつけていないのだから、

おそらく、最初からこうしたかったのだろう。

健康的に伸びた下半身に目を奪われながら、藍子の股間のすぐ向こうに覗き穴がある位置で、藍子を仰向けにさせた。

慎一も下半身すっぽんぽんになって、藍子に覆いかぶさっていく。

口許に押しつけられた勃起に、藍子は貪りついてくる。

そして、慎一も首を折り曲げるようにして、藍子の陰部に顔を寄せる。

すらりとした足をいっぱいに開かせると、薄い恥毛の流れ込むあたりに、女の媚肉がわずかに口をのぞかせていて、粘液が懐中電灯の明かりに照らされて、ぬらりと光った。

慎一は藍子の両太腿を持ちあげるようにして、陰唇にしゃぶりついた。

すでに、蜜があふれかえって、とろとろに蕩けているのがわかる。

藍子の若いそこは、天井裏の黴臭い臭気とは違った、独特の発酵臭を放っていて、しかし、それはあくまでも清新で男を惹きつけてやまないのだ。

舌をいっぱいにつかって、濡れそぼった陰唇と狭間を往復させる。

「ううっ……ううっ……」

藍子は肉棹で口をふさがれたまま、くぐもった声を洩らし、大きくひろがった内腿を痙攣させる。

慎一はそこで、前のめりになって、覗き穴に目を寄せた。

ぴったりとくっつけると、仁王立ちした慎一の前に可南子が座って、肉棹をしゃぶっているのが見えた。いったん結合を解いて、また、フェラチオさせているのだろう。

両手は後ろ手にスカーフでくくられ、スカートを脱がされていた。

半袖のセーラー服にソックスだけという姿で、可南子は浩次の屹立を頬張っている。

（何て、エロいんだ！）

その光景を目に焼きつけて、慎一は顔をあげる。

すると、目の前には大股開きした若い女の性器が息づいていた。

やわやわした繊細な陰毛、不謹慎なほどにひろがった肉びらとその狭間の赤い粘膜のぬめり――。

そして、すぐ傍《そば》には覗き穴があって、部屋から漏れた一条の光が真っ直ぐに屋根裏に向かって伸びている。

慎一はまた覗き穴に顔を寄せる。

イラマチオを受けて、セーラー服姿の可南子が苦しそうに呻いている。猛りたつ肉柱が、その可憐な唇を豪快に犯している。

ふたたび顔をあげて、目の前の女陰に貪りついた。

そこは、さっきより匂いも味覚も強くなっていて、舌を這わせるたびに、藍子は「うう……ううっ」とくぐもった声をあげながら、顔を振って、分身をしごいてくる。

4

先にこらえきれなくなったのは、慎一のほうだった。

顔をあげて、言った。

「しよう」

「わたしも、覗きながらされたい」

藍子が答えた。その目は潤み、とろんとしている。

強く打ち込めば、その動きが振動となって天井板に響き、部屋の二人にばれてしまうだろう。藍子が喘ぎ声を出しても、しかりだ。

「絶対に声を出すなよ。それに、強くは動けないから」

言うと、藍子がわかっていますとでも言うようにうなずいた。

慎一は、藍子が室内を覗ける位置で、四つん這いにさせた。

前の開いたパーカーだけを身につけた藍子は、覗き穴に目をつけて、まるで挑発するように腰を突き出してくる。

丸々とした若い尻が懐中電灯の明かりに浮かびあがる。

剝き身の尻たぶはこの屋根裏ではいかにも場違いだが、その白々とした光沢はここではとてもエロティックで、そして、自分が下半身すっぽんぽんになっていることにも、慎一は頭の芯が痺れるような昂奮を覚えた。

いきりたつものを、尻たぶの底に押しあてて、慎重に沈めていった。

油をぶっかけたように濡れているのに、肉路が狭いためか、すぐには入っていかなかった。

ぬるりっと頭部だけ嵌まり込んだ硬直を、上下左右に振りながら、少しずつ押し込んでいく。

最後はなめらかに嵌まっていき、

「く……！」

藍子が身体を硬直させた。

小さな穴から下を覗きながら、コンパネを指先で引っ掻くようにしている。

「見えるか？」

囁くと、

「正面からしてる。すごい、すごい……ああ、気持ち良さそう」

藍子も囁き声で答える。

慎一は強く打ち込みたくなって腰を振りかけ、ああ、ダメだ——と思い直す。

意識的にゆっくりとした動作で、打ち込んでいく。

パチンとぶつけたいところをこらえて、最後まで、等速度で奥まで届かせる。

だが、これはこれで気持ちがいい。

ゆっくりな分、膣内の様子やうごめきや締めつけも、つぶさに感じ取ることができる。静かにすべっていく肉茎に粘膜が波打ちながらからみついてくる感じだ。

「う……うう……うくぐ」

藍子は手で口を押さえて、洩れそうになる声をふさいでいる。そうしながらも、覗き穴に目を寄せつづけている。

屋根裏の剝き出しの木材の構造が見える。抑えているつもりだが、やはり、かすかに揺れているのか、埃が舞っているのが懐中電灯の明かりで見える。

そして、下からは、

「ぁあぁぁ……いい……いいの。おかしくなる……浩次さん、可南子、狂っちゃう」

慎一の嬌声があがってくる。

だが、膝がコンパネの粗い素地に擦れて、耐えられなくなった。

「体勢を変えようか」

そう言って、藍子を仰向けにして、上からのしかかっていく。

膝をすくいあげて、屹立を押し込み、折り重なるように前に倒れた。

ふと見ると、すぐ近くに覗き穴があり、そこから、白い光が射してきている。

(そうか……こうしたら)

藍子の顔の位置を少しずらして、上から覗いた。

ぐっと前に乗り出すと、小さな穴から、ベッドの二人が見えた。

すでに終盤を迎えているのだろう、浩次は藍子に覆いかぶさるようにして、耳元で何か囁きかけながら、さかんに腰をつかっている。

(何だ、俺たちと同じ体勢じゃないか……)

慎一は覗いたまま、腰を揺らめかせる。膣内に嵌まり込んだ肉棹がぐりぐりと粘膜を擦って、

「あぁっ……あうぅぅぅぅ」

藍子は洩れそうになる声を、慎一の肩を嚙むようにして押し殺した。

そうしながら、慎一の腰に足をからめて、腰を揺らすので、慎一の分身は内々で強い刺激を受けて、急激に昂った。

慎一はいったん顔をあげて、腕立て伏せの形で慎重に、だが、確実に体内をえぐった。

コンパネが揺れないように動きをコントロールしている。あまり奥まで打ち込まないように、浅瀬を小刻みに擦りあげる。

すると、それがいいのか、

「ぁあ、お兄さん、それ、いい……きそう」

藍子が囁き声で訴えてくる。

「俺もだ。俺もイキそうだ」

慎一も答えて、腰をうねらせる。強く叩きつけるのではなく、コントロールを利かして、膣内を擦り、揺する。

「ぁああ、いい……イキそう。ここで、イカして」

「ああ……」

慎一は腰を波打たせながら、もう一度、覗く。

下の部屋でも、二人のセックスはクライマックスを迎えようとしていた。

浩次は、可南子の足を肩にかけて前傾し、持ちあがっている腰めがけて、強く打ちおろしている。

「あっ、あっ、あっ……ダメっ……くる……イクイク、イッちゃう！」

可南子が唸るように喘ぎ、顔をいっぱいにのけぞらせる。

浩次はセーラー服がまくれあがるくらいに、乳房を荒々しく揉みしだき、吼《ほ》えながら打ち込んでいる。

慎一も強く打ち据えたいのを我慢して、ねちっこく粘膜を擦りあげていく。

「うっ……うっ……イキそう」

藍子が声を押し殺して、肩に抱きついてくる。

「イクぞ……イク……」

慎一は振動が伝わらないように加減をしつつ、しかし、速いピッチで抽送を繰り返す。そうしながら、身を乗り出して、覗き穴から下の様子を見ている。

「ぁああ、ぁあぁぁ……いい……イクぅ……」

可南子がのけぞり、浩次が「うっ」と呻いて、腰を痙攣させた。

そして、慎一も浩次と同じように、止めの一撃を藍子の体内にえぐり込んでいた。

「くっ……」

藍子がしがみついていた手をコンパネに落として、顎をせりあげた。

絶頂の痙攣を感じて、慎一も奥まで打ち込んだ。その瞬間、喜悦の花火が体内で爆《は》ぜた。

洩らしそうになる声を必死にこらえて、体液が噴出する快感に身を任せた。

天井裏に這いつくばるようにして射精する慎一の体の下で、藍子が震えながら身体をのけぞらせていた。

第五章　弟の嫁

1

その日慎一は、家を出た可南子の後をつけていた。

モスグリーンのジャケットを着て、同色のスカートを穿いた可南子は、舗装された道路の歩道を急ぎ足で歩いていく。どうやら、最寄りの駅であるS駅に向かっているようだ。

昨日、パソコンの画面に、可南子がケータイ電話をしながら寝室に入ってくるさまが映し出された。どうやらまた、ヨシオという男からの電話のようだった。

そこで、可南子は「明日ですか？」と訝《いぶか》しそうに応答していたが、結局は男に押し切られたのか最後には、「明日で終わりにしてください。それならば行きます」と答えた。

どう対応していいのか迷ったが、昼過ぎに可南子があわただしく外出するのを見て、思わずその後を追っていた。

弟の嫁のことを、よく働くし、人にもやさしい理想的な女だと思っていた。

だが、覗きをはじめてわかった。

閨では、浩次の傍若無人な性にひたすら追従しているし、ヨシオという元彼にも脅されているようだ。

傍《はた》からは幸せな結婚生活を送っているように見えたが、じつは、そうではなかった。そんな可南子を慎一は可哀相で見ていられなくなった。たんなる同情ではない。たぶん、自分は可南子に強い好意を抱いている。だからおそらくこうして、後をつけているのだ。

それで何をしたいのか、自分でも漠然としている。だが、助けてあげたいという気持ちはある。

可南子はS駅で私鉄電車に乗り、ターミナル駅の二つ前の駅で降りた。

見つからないように、距離を取って慎重に後を歩いていくと、可南子は二階建ての白亜のアパートの前で周囲を見まわし、一階にある１０２号室のインターホンを押した。

しばらくして、ドアが開けられ、腕を引っ張られるように室内に姿を消した。

すぐに闖入《ちんにゅう》して……とも考えたが、しかし、それでは何も状況はつかめないし、ヨシオにも嘘をつかれればそれまでだ。

もう少し、状況をさぐりたい。

アパートの道路側には目隠し用の高い塀が立っていて、建物との間には一メートルほどの空間がある。

窓がついているので、覗けるかもしれない。

(最近は、覗いてばかりだな)

自嘲しつつも、塀とアパートの壁の間に忍び込み、背中を曲げ、足音を立てないように、１０２号室の前まで歩いていく。

カーテンは閉められていたが、左右のカーテンが合わさるところが、数センチ開いていた。だいたい、この昼間に人と会うのに、カーテンを閉めること自体がおかしい。

もしかすると、と思ってはいたが、そのいやな予感が増してきた。

屈めていた腰を伸ばし、見つからないように用心して、なかを覗くと――。

台所のこちら側にある狭い部屋に、可南子と男の姿が見えた。

可南子はシングルベッドに座らされ、その前で、背の高い、いかにもすさんだ風体の男が可南子をにらみつけるように、さかんに話しかけている。

これが、ヨシオという、可南子が以前につきあっていた男なのだろう。

年齢は三十を過ぎたあたりか、目はぎょろっとして、顔色が悪い。こんなところにひとりで住んでいるのだから当然独身だろう。平日の昼間に自室にいるのだから、仕事も上手くいっていないに違いない。

そんな男の前で、可南子は縮こまったように顔を伏せている。

それまで可南子に高圧的だったヨシオがいきなり、可南子の前にしゃがんだ。

スカートが張りつく下腹部に顔を埋め、尻から太腿にかけて撫でまわしている。

男は顔をあげて何か言い、また、下腹に顔を埋める。

可南子はしばらく男がしたいようにさせていた。それから、男の顔をつかんで引き剝がした。

次の瞬間、男が可南子の腰に手をまわし、体を預けて、可南子をベッドに押し倒した。

可南子が手と足で男の体を突き放しにかかる。

スカートの裾が乱れて、肌色のパンティストッキングに包まれた足が太腿までのぞき、バタつく足の間に男は腰を割り込ませ、覆いかぶさった。

可南子は右に左に身体をよじって、必死に逃れようとしている。

男の手がスカートをまくりあげながら、太腿の奥へと差し込まれた。

可南子が遅まきながら太腿を締めつけて、腰をよじる。

男の手がジャケットの上から胸のふくらみを揉みしだき、可南子はいやいやをするように首を振り、両手で男を突き放そうとする。

男が顔を寄せて、キスをせまった。

右に左に逃げる顔を手で抑え込んで、男は唇を寄せた。

唇が重なり、いやがって手足を振っていた可南子の動きが、徐々にゆるやかになり、やがて、止まった。

男はもう術中に落ちたとばかりに、唇を吸い、胸を揉みしだき、膝でスカートの奥を擦りあげる。

(ダメだ、見ている場合じゃない！)

慎一は窓下を離れ、通路を走って、１０２号室のドアを力任せに叩いた。

「開けてくれ！　開けるんだ！　開けないと、警察に通報するぞ」

声の限りに叫ぶと、しばらくして、ドアが外側に開けられた。

男がヌッと紅潮した顔を出して、慎一を胡散臭《うさんくさ》そうに見た。

「誰だよ、あんた」

「可南子さんのダンナの兄だ。何をしている！」

男が閉めようとしたドアに手をかけて、力任せに開き、慎一はなかに押し入った。

可南子がこわばったような、助けを求めるような目で、慎一を見た。

「可南子さん、行こう。こんなところはすぐに出るんだ」

慎一は土足で部屋にあがり込んで、可南子の手を引く。

それを、男が押し止めて、言った。

「義兄か何か知らないが、あんたには関係ないことだろ。話はまだ終わってないんだ」

「いや、もう終わっている。過去のことで、可南子さんを脅すのはやめろ。さもないと、警察に脅迫罪で訴えるぞ」

「……………？」

男がどうして知っているんだ、という顔をした。可南子も呆然《ぼうぜん》としている。

慎一は可南子に向かって訊いた。

「こいつは何か写真とか持ってるのか？　その証拠になるような」

「……いいえ。そういうことで、脅されてるんじゃありません」

「じゃあ、証拠はないんだな？　だったら……」

慎一は、男に向き直った。

「ヨシオさん、もうこんな馬鹿な真似はよしてくれ。もう、可南子に電話をするな。呼び出しもかけるな。今後、そういう事実があったら、警察に訴える。いい歳こいて、過去の女に執着するな。新しい女を見つけたら、いい。迷惑なんだよ。こっちは！」

至近距離で男をにらみつけると、男がたじろぐのがわかった。

根っからの悪人というわけではなく、可南子への思いがストーカーまがいの行為をさせてしまったのだろう。

「あんたの名前も住所もわかってるんだ。今度馬鹿な真似をしたら、あんたは終わりだ。わかったな……可南子さん、行こう」

可南子が上がり框《かまち》で急いでパンプスを履き、立ちあがった。

外に出ようとするとき、男が言った。

「あんたは一方的に俺が悪いと思ってるんだろうが、そうじゃない。可南子にも非はあるんだ。こいつは俺との関係をそれなりに楽し……」

「行きましょ。お義兄さん」

男に最後まで言わせず、可南子は慎一の背中を押すようにして、部屋を出て、後ろ手にドアを閉めた。

2

男の吐いた最後の言葉が気になった。だが、それは、慎一も感じていたことで驚きはしなかった。

可南子もそこには触れられたくないだろうし、慎一も触れるつもりはない。

駅への道すがら、可南子が二人の過去を話してくれた。

男は宇川芳雄《うかわよしお》といい、可南子が浩次と交際をはじめる前に、つきあっていたことがあるのだと言う。

可南子が勤めていたのは、父が起業したMカンパニーの製品を作る大手製薬会社で、そこで、可南子は宇川と知り合った。当時可南子は二十五歳で宇川は二十八歳。会社の先輩だった。

その頃、宇川は今のようにすさんではおらず、将来を嘱望されており、先輩社員として、また男としても理想的に思えたのだと言う。

二人だけで会うようになって、その半年後に身体を合わせた。

可南子はまだ性の悦びを知らなかった。だが、身体を重ねるにつれて、性感が花開き、とうとう女が昇りつめることの素晴らしさを知った。いや、教え込まれた。

だが、宇川に上司の娘との縁談が持ちあがり、結局、宇川は出世を選び、上司の娘と結婚することになった。

可南子も事情がわかるゆえに、別れを呑まざるを得なかった。

しばらくして、可南子は会社を度々訪れていたMカンパニーの有能な社員である浩次に見そめられ、二年前に結婚した。

その後、宇川から電話がかかってくるようになったのだと言う。

じつは宇川は、上司との娘との結婚生活が上手くいかずに離婚していた。その関係で薬品会社も辞め、それ以降、警備会社の非正規社員として、鬱々とした日々を過ごしてきた。

宇川の脳裏によみがえってくるのは、可南子との日々であり、なぜあのとき可南子を選ばなかったのか、と悔やんだ。それが嵩じて、可南子に電話をかけるようになり、果ては脅してまで関係を復活させようとしたのだと言う。

そういうことか、と思った。

自分より出世欲を優先した男を、そのときは恨んだだろう。だが、宇川は上司との娘との結婚に失敗して、希望の見えない生活をしている。それに対して、可南子は将来の社長と幸せな結婚生活を送っている。

そのことで、宇川に対して同情を感じ、また、浩次の自分勝手なセックスで満たされない部分を、かつて幸せなセックスをした宇川とのテレホンセックスなどで解消しようとしていたのだろう。

だから、今回も脅しまがいの誘いに乗って、犯されそうになったのだ。

以前に、お洒落して出かけていき、すぐに帰ってきたことがあった。結果、慎一はオナニーシーンを覗き見るという僥倖《ぎょうこう》に恵まれたのだが、あれもおそらく宇川と会う予定だったのだろう。

あくまでも推測だが、寸前で可南子は怖くなって、会わずに帰ってきてしまったのではないか。それによって、宇川の焦燥はいっそう深まった——。

頭のなかで符牒《ふちょう》を合わせていると、可南子が訊いてきた。

「あの……お義兄さんはなぜ、このことをお知りになったんですか？」

ああ、やはり、そうきたか、と思った。当然そういう疑問が浮かぶだろう。

誤魔化せば、それ以上は追及してはこないだろう。

だが、自分の過去の秘密を洗いざらい話してくれた可南子に、嘘をつくのは不実である気がした。

「じつは……俺も可南子さんに謝らなければいけないことがあるんだ」

言うと、可南子が立ち止まって、アーモンド形の目を向けてくる。

「じつは……覗きをしていたんだ」

「えっ……？」

可南子は眉をひそめて、不思議そうな顔をした。

「こっちに……」

歩道沿いにあった小さな公園に入っていき、ベンチに腰かけた。

「メンテナンス業者が家を調べて、天井にあがったことがあるだろ？」

「ええ、覚えています」

「あのとき、うちの天井裏に小さな穴があって……そこを調べているうちに、ハマッてしまった。挙げ句には、覗きカメラをつけて、部屋で監視をしていた。だから……」

「それで、わたしと宇川さんとの電話を……」

「ああ、そうだ。それだけじゃない、俺は……あなたが、浩次とあれをするところも……申し訳ない。このとおりだ。謝る」

慎一は深々と頭をさげた。さげながら、これでもう覗きはできないと感じた。

可南子はしばし呆然としていた。それはそうだろう。電話を盗み聞きされたばかりでなく、夫とのセックスまで覗かれ盗撮されていたのだから。

おそらく今、可南子の脳裏にはこの間に自分があの部屋でしたことが、駆けめぐっていることだろう。

可南子がうつむいて、自分を抱きしめるようにぽつりと言った。

「恥ずかしいわ……死んじゃいたい」

本来なら、罵倒されてもおかしくはない。だが、可南子は他人を責める気持ちが薄いのだろう。だから、たとえどんなひどいことをされても、真綿のように吸収してしまうのだ。

「こんな義兄で、呆れただろう。いいぞ、ひとりで帰りなさい。宇川とのことは浩次には一切話さないから、安心して。それに、もう覗きはしないよ」

言いながら、やはり、自分は父のようなワルにはなれないのだと思った。

だが、可南子はじっと座ったまま動かない。ぼそっと言った。

「……かまいませんよ」

「えっ……？」

「かまいませんよ。これまでどおりで……」

今度は、慎一が絶句する番だった。

「わたしは、宇川との件でお義兄さんに恩があります。それに……たぶん、わたし、そういうことをいやだとは思っていません」

可南子がうつむいたまま言った。

そういうこととは、覗きや盗撮のことだろう。

「いや、別に宇川とのことを恩に着せてるわけじゃないから。だから……」

「そうじゃありません。そうじゃないの……」

今度は、可南子は真っ直ぐに慎一を見つめてくる。

「今までどおりにしてください。お願いします」

「……ほんとうに、いいの？　あの部屋にいるときは、つねに覗かれているんだぞ。監視されてるんだぞ」

「はい……今までどおりで。お義兄さんがいやになるまで、つづけてください」

度肝を抜かれた感じだった。そして、可南子の有するさがに驚きながらも、どこか淫靡な昂りを覚えてもいた。

「……もう一度、訊く。いいんだね？」

可南子はしっかりとうなずき、立ちあがった。

「……行きましょう」

慎一も腰を浮かして、可南子の後をついていく。

3

それから、慎一と可南子の暗黙の了承に基づいた、奇妙だが、刺激的な日々がつづくことになった。

夫婦の寝室だけではなく、一階にあるリビングに二人がいるときにも、淫靡な密戯は行われた。

可南子が、朝の日課である料理の後片付け、洗濯、掃除を終えるのが、だいたい十一時過ぎになる。

その頃になると、慎一はリビングの自分用の肘掛け椅子に座って、その日の新聞を読む。

すると、家事を終えた可南子がやってくる。

「お疲れさま」

慎一がねぎらい、可南子ははにかんで、三人掛け用の総革張りのソファに腰を落ち着ける。

「例の男からは、連絡はないのか？」

「ええ、あれから一切ありません。お義兄さんのおかげです」

「よかった……なら、いいんだ」

可南子もセンターテーブルの近くのラックに差してあったカタログ誌を取りあげて、ページを開く。このとき、すでに可南子の表情は緊張でこわばっている。期待しているのだ。

そして、可南子は今日も膝上のミニスカートを穿いてくれている。

慎一は新聞を読む振りをしながら、時々、可南子の足に視線をやる。

ミニスカートからのぞく膝からつづく美しいラインを描く足が揃えられて、斜めに流されている。

形のいいふくら脛《はぎ》と向こう脛《ずね》をしばらく眺めているうちに、可南子の足が少しずつ、ほんとうにわずかだがひろがりはじめる。

（ああ、来た……！）

慎一は新聞を顔の前にかざしつつも、その横から覗き見る。じっと視線をそこに張りつかせる。

長い、長い時間をかけて、可南子の膝がひろがり、三十度ほど開いた。

可南子はソファのこちら側に座っているので、斜め前には違いないが、限りなく正面からの角度に近く、慎一は視線を太腿の内側に投げている。

肌色のストッキングが微妙な光沢を放ち、膝の内側を覗くことができる。

だが、まだこの角度では、半ばまでしか見えない。それでも、むっちりと女の肉をたたえた内腿が重さでたわんでいるのがわかる。

可南子はもちろん、慎一が盗み見ているのを充分に知っていて、やっている。

その証拠に、可南子の顔はすでに上気して、膝も微妙に震えている。

可南子はさらに足を開いていく。

左右の太腿が四十五度ほどの角度になると、覗ける部分が飛躍的にひろがり、そのときになって、ようやく慎一は可南子の穿いているのは、パンティストッキングではなく、太腿までのストッキングであることに気づく。

なぜなら、ひろがった太腿の奥に黒々とした翳りと陰唇がじかに見えているからだ。パンティを穿いていないわけではない。

男の劣情をかきたてずにはおかない赤いシースルーのパンティをつけている。だが、それは肝心の部分が開口したオープンクロッチショーツであり、したがって、女の秘唇があらわになってしまっているのだ。

その頃には、慎一の股間のものも力を漲らせて、ズボンを突きあげている。

慎一は新聞を左手で苦労して持ちながら、右手を股間のふくらみにあてて、硬直をズボン越しにぎゅっと握る。

可南子にも見えるはずで、カタログ誌の上からのぞいているその目が、ふっと慎一の股間に落ちる。

慎一はここぞとばかりに、いきりたちを強く握ったり、さすったりする。

可南子はそこに視線を釘づけにされながら、なおも、少しずつ膝を離していく。

そして、九十度までひろがったところで、腰の位置を前にずらして、ぐっと下腹部をせりだしてきた。

（オッ……！）

出そうになった声を押し殺した。

日常では絶対にしないだろう不自然な角度で開いた左右の内腿の中心で、淫らな肉花が咲き誇っていた。

陰唇はよじれながらもひろがって、内側の赤い粘膜をいっぱいにのぞかせ、ピンクと赤の中間色の粘膜はすでにそぼ濡れて、ぬらぬらと光っている。

陰唇の内側と狭間の粘膜を、窓から射し込む昼間の明かりが照らして、いっそうぬめりが増す。

（相手は弟の嫁さんだ。こんなことをして、許されるのだろうか？）

思わず周囲をうかがってしまう。もちろん、人影も気配もない。

できるなら近づいていって、女の証を舐めてやりたい。しゃぶりまわしてやりたい。肉芽を舌で弾いてあげたい。

だが、それはしてはいけないことであり、また、直接触れることをしないがゆえの快楽があるのだ、と思い直す。

耐えて、慎一は自らの硬直をしごく。

ズボンをゆるめて、ブリーフのなかに手を入れ、それを握って擦る。

熱くなってドクドクと脈打つものが、手のひらのなかで躍りあがり、もたらされる疼きによってますます目の快楽が増してくる。

可南子は鈍角に足をひろげて、静かに下腹部を突き出してくる。

わずかに近づいただけなのに、陰唇の狭間がぐっと寄ってきたような気がして、慎一ももっと見ようと顔を突き出してしまう。

可南子はゆるやかに腰を前後に揺すっている。

カタログ誌で顔は隠れている。だが、ミニスカートはまくれあがり、赤いレースのオープンパンティからのぞく翳りと陰唇が、生き物のようにうごめいている。

こらえきれなくなって、慎一はズボンとブリーフを膝までおろした。

ぶるんっと転げ出てきた屹立は、もうこれ以上は無理というところまで怒張し、亀頭冠の傘をひろげている。

慎一はひろげた新聞の向こう側で、見せつけるように勃起をしごいた。

それを、可南子はカタログ誌の上から顔をのぞかせて、食い入るように見ている。

目が細められ、眠いような陶酔したような表情をしている。

可南子の右手がカタログ誌を離れて、ためらいがちにおりていき、太腿の中心に届いた。

繊毛の下端を中指でゆるゆると円を描くように、擦った。

その頃にはすでにカタログ誌は腹に載せられ、左手も白いニットの胸を鷲づかみするように、やわやわと圧迫していた。

自分のしていることの羞恥に耐えられないのか、顔はそむけていている。

顎があがり、唇を噛みしめて、声が出そうになるのを必死にこらえている。

右手全体が陰唇をゆっくりと撫ではじめた。

そうしながら、内側に折り曲げた親指でクリトリスをくすぐっている。

鈍角にひろがった太腿がこむら返しを起こしたように震え、ビクッ、ビクッと腰が躍る。

慎一が咳払いすると、ハッとして我に返り、また、慎一のほうを見る。

目尻が切れあがった目が、霞がかかったように焦点を失い、とろんとしていながら、女の欲望をたたえて潤みきっている。

慎一は新聞紙を取り払いたいのをこらえて、大きく肉棹を指でしごきあげる。

この新聞紙は二人の間に張られた暗黙の境界線であり、決して侵してはならないものだった。

可南子は両手を陰唇に添えて、ぐいとひろげた。

赤いぬめりがいっそう露出し、もっと剝き出しにしたいとでもいうように、腰を振りあげる。

慎一もそこに己のイチモツを打ち込みたいという欲望を抑えて、怒張を激しく擦りあげる。

「ぁああ……あうぅぅぅ」

喘ぎを洩らして、可南子はいけないとばかり唇を嚙んで声を抑える。

慎一は立ちあがりたいのを我慢して、肘掛け椅子の座面から腰を浮かし、可南子のそこに打ち込んでいる気持ちで、ぐいぐいと腰を突き出した。

「ぁああ……あうぅぅぅ」

可南子はそこにとろんとした目を向けながらも、決して、近づこうとはせず、上方の肉芽を指で激しく転がす。

「ぁあ、ああ……欲しい」

とうとう、可南子はその言葉を発し、目を細めて慎一を見る。

(俺も……入れたい。可南子のなかに)

慎一は立ちあがった。

可南子のほうに近づいていき、いきりたつものを誇示するように差し出す。

と、可南子がそれを咥えようと顔を寄せてきた。

ハッとして我に返り、慎一は首を左右に振って、後退《あとじさ》る。

「ぁあ……お義兄さん……」

可南子が悲しげに、物欲しげに慎一を見た。

ダメだ、と首を振りながら、慎一はさかんに肉棹をしごく。

先走りの粘液がたらっと垂れ落ちた。

すると、可南子はとっさに手を伸ばして、光る糸を受け、指の先に粘りついた液を指先でこねるようにしてから、指を離した。

二本の指の間に透明な糸が伸び、それから、可南子はその指をフェラチオでもするように頬張り、舐める。

「可南子さん！」

言葉は発しないように決めていたのに、思わず名前を呼んでいた。

可南子は羞恥に眉をハの字に折りながら、先走りの粘液の付着した指をしゃぶり、もう一方の手を恥肉に押しあてている。

二本の指が膣肉に入り込んでいるのか、ネチッ、ネチッと音がして、指の付け根が動いている。

「ぁああ……おぉぉ……」

指を頬張りながら、艶《なまめ》かしい喘ぎを洩らし、慎一を見る。

その今にも泣き出さんばかりの哀切な表情に胸打たれながら、慎一も肉棹をしごいている。ごく自然に腰が前後に揺れていた。

まるで、可南子が今指で掻きむしっているところに分身を押し込んでいるかのように、慎一はぐいっ、ぐいっと鋭く腰をつかう。

可南子がしゃぶっていた手を胸に持っていった。

白いニットのなかに手を忍び込ませ、胸のふくらみを荒々しく揉みしだく。ニットを波打たせ、同時に、股間に添えた指を動かす。

もう、二人とも一言も発しない。

だが、お互いの目と指を見て、昇りつめていくさまを観察しながら、しかし、激しく指を動かして自らを高めていく。

可南子の鈍角にひろがった太腿の内側が引き攣り、腰がくねった。

霞がかかったような哀切な目で慎一を見ながら、びくん、びくんと肢体を痙攣させた。

それを見て、慎一も急激に昂り、射精前に感じる甘い疼きが逼迫してきた。

「おおぅ、イクぞ。出すぞ」

可南子もうなずき、

「来て……来て……わたしも、可南子も……」

慎一を見つめていた瞳がフッと閉じられ、顎が突きあがった。

「イク……くっ……！」

可南子が昇りつめるのを確認して、慎一も精を放った。

めくるめくような絶頂感が全身を貫き、そして、迸る白濁液が可南子に振りかかった。

「あうぅぅ……」

エクスタシーのなかで、可南子はまるでそれが幸せなの、とばかりに飛沫を避けようともしないのだ。

栗の花に似た刺激臭があたりに充満し、可南子はそれを全身で受け止め、陶酔した表情でたゆたっていた。

4

翌日の夜、慎一が部屋で、依頼されているホームページの更新をしていると、ドアをノックする音がして、

「藍子です」

と声がする。

ドアを開けると、藍子が入ってきた。ミッキーマウスのプリントされたパジャマを着て、化粧も落としている。

「何だ?」

「……二人のセックスを録画した動画を見たいの。DVDに焼いてくれないかな?」

「二人っていうと、浩次と可南子さんの?」

「そう。それしかないでしょ?」

「いや、でも、それは困るな。二人にとっては秘密の映像だからな。やたらに他人に渡すわけにはいかない」

「大丈夫よ。しっかりガードして、秘密は守るから……だいたい、お兄さんはそんなことわたしに言えないでしょ？　いいのよ、ばらしても」

覗きの件は可南子はすでに承知済みだが、浩次は知らない。いや、浩次には絶対に知られたくない。

「わかった。今日中にコピーして、明日には渡すよ」

「サンキュー」

「で、藍子ちゃんはどうするの？　それを」

「決まってるじゃないの。見るのよ。見て、あれをするの」

「……もしかして、ひとりでするやつのことか？」

藍子はうなずいて、

「ほんとうは前から浩次さんに興味があったの。だから、この前もじつは、浩次さんのセックスを見たかったのよ」

そういうことか……。

「それであの後、俺にせまってこないんだな」

「あら、せまってほしい？」

「いや、従妹とこれ以上懇《ねんご》ろな関係になっても困る」

「だから、わたしも自制してるんじゃないの。その代わり、ＤＶＤ頼みます」

「わかったよ」

「じゃあ……」

藍子は部屋を出ていく。

（なるほどな……藍子は浩次が好みのタイプなのか……）

あんなに自分勝手なセックスを見せられてもなお、浩次のセックスシーンを見ながらオナニーしたいというのか――。

女性というのは、一度好きになってしまうと、相手の欠点など簡単に見逃せるものなのだろうか？　それとも、痘痕《あばた》も笑窪《えくぼ》というやつで、欠点が魅力的に映ってしまうのだろうか？

そんなことを思いながら、仕事を最後までやり終え、つづいて、弟夫婦の営みをコピーした。

それから、一階に降りていく。

洗面所で歯を磨いていると、隣室のバスルームからシャワーをつかう音が聞こえてきた。

（誰だろう、可南子さんか？）

浩次は帰宅してすぐに風呂に入ったし、藍子もすでに就寝のスタイルだったから、可南子以外考えられない。

邪心が芽生えてきた。

歯磨きをさっさと済まして、慎一は隣室のバスルームのドアを静かに開けた。

家の風呂は総檜《ひのき》造りの広々とした造りで、脱衣室にも檜特有の匂いがただよっている。

そして、バスルームのドアの曇りガラスから、ぼんやりと可南子の裸身が透けて見える。

洗い椅子に座って髪を洗っているのだろう、うずくまっている肌色のシルエットが下のほうで動いている。

その、やさしげで悩ましい後ろ姿に見とれていると、なかから声が聞こえた。

「どなたですか？」

「ああ、兄貴だ。ゴメン。ちょっと……」

「……いいんですよ。あの……」

「何だ？」

「今夜、浩次さんはきっとわたしを求めてきます」

「……そうか。金曜日の夜だからな」

「だから……」

「だから？」

「……いつものように……」

「覗いていいってことだな」

肌色の上部の黒い頭の影がゆっくりとさがった。うなずいたのだ。

「ばれないだろうか？」

「大丈夫です。浩次さんは一切気づいていませんから」

「そうか……」

「お待ちしております」

「わかった」

慎一は肌色の影が立ちあがるのを見ながら、脱衣所を出る。

二階へとつづく階段をあがりながら、慎一は胸の妖しい昂揚を抑えられないのだった。

慎一は部屋に戻ってすぐに、和室の押入れから、屋根裏にあがった。

どうせなら、最初から見たい。

浩次はまったく気づいていないらしいが、用心にこしたことはない。暗闇に沈んだ屋根裏を懐中電灯で足元を照らしながら、慎重に物音を立てないように梁の上を歩き、弟夫婦の寝室の上までたどりつく。

コンパネが張ってあるから、極めて覗きやすい状態にある。

小さな穴に目をあててみたものの、まだ、浩次の姿しか見えない。

浩次は黒い袋のなかから、バイブレーターを取り出して、電池を入れてスイッチを入れる。ヴィーンとバイブレーターが振動するのを確認して、スイッチを切った。

拘束用に使うのか、革の手枷をつかんで点検し、リング状に束ねてあった赤いロープをいったん解いた。すぐに使えるように二重にして、ベッドの枕元に置き、露骨すぎると感じたのか、枕を上に置いてロープを隠した。

それから、明かりを調節する。

シーリングの照明の光度を落とし、代わりにスタンドの明かりを強めた。女体が陰影深く見えるようにしているのだろう。

浩次はもちろん、セックスの準備を他人に見られているとは思わないだろう。

時間を気にしながらも、せっせと用意をする浩次は滑稽《こっけい》ではあるが、その姿にどこか共感を抱いてしまう。

浩次は準備を終えたのか、姿見の前に立って、紺色のガウンをはおった自分の姿を確かめる。髪形を気にして手で直し、ガウンの前をはだけて肉茎をつかみだし、かるくしごいたりする。

それが勃起してくると安心したかのように手を離し、今度は反対の手を口に持っていって、ハーッと息を吹きかけ、口臭がないか確認している。

それから、ベッドに腰をおろし、イライラを隠せない様子でさかんに時計を見ていた。

しばらくして、ようやくドアが開き、海老茶色のガウンに身を包んだ可南子が入ってきた。

「遅いじゃないか……何をしていたんだ!」

「すみません……ちょっと……」

「準備をしてたのか?」

浩次は立ちあがり、海老茶色の腰紐を解いて、ガウンを脱がす。

慎一は驚いて、オッと声をあげそうになった。

ベビードールというのだろうか、赤いスケスケのふわっとしたスリップのような艶かしい下着が、裸身を覆っていた。といっても、丈は太腿の付け根までしかないので、肉感的な太腿はおろか、赤いスケスケのパンティの底の翳りまでもが見えてしまっている。

上から見ているせいか、ノーブラの乳房が透けて見え、その頂の突起が布地をチョコンと押しあげているのがわかる。

(そうか……俺のためにこんな格好を……)

だが、浩次にして見れば、当然自分のためにと思うだろう。

「おいおい、何だ、この格好は？　乳首が透けてるじゃないか……下のオケケも見える。指示したわけでもないのに、こんなエロい格好をして……そんなに、俺に抱いてほしかったか？」

「はい……」

「今夜はやけに素直だな。排卵日か？」

相変わらず憎まれ口を叩きながらも、浩次はうれしそうだ。

良心が痛んだが、仕方ない。

浩次は背後から女体を抱きしめ、右手で下腹部を左手で乳房をつかんだ。そうしながら、首すじにキスをする。

「ぁあぁぁ……」

と、可南子が喘ぎながら上を向いた。

あらかじめ、覗き穴の位置はわかっていたのだろう、真っ直ぐに慎一を見あげてくる。

可南子には、慎一の瞳は見えるだろうか？　今、自分が可南子と目を合わせているのがわかるのだろうか？

(見てるぞ、可南子。ちゃんと、お前を覗いているぞ！)

慎一は心のなかで叫んだ。

まさか、愛妻が兄と通じているとはつゆほども思わないだろう浩次が、

「おいおい、乳首がもうおっ勃ってるじゃないか……んっ？　パンツに穴が開いてるな。そうら……下の口もぬるぬるだな。舐めてもらいたくて、蜂蜜でも塗ってきたか？」

浩次はうれしさをいたぶりに変えて、乳房を鷲づかみ、太腿の奥をさする。

(もう少し素直になれば、可南子だって応えてくれるだろうに)

自分の弟であるだけに、歯痒《はがゆ》く感じてしまう。

浩次は可南子をベッドに放りあげるように仰向けにさせ、自分は床に足をついたまま、可南子の膝をすくいあげた。

「ああ、いやっ……」

下半身を剝き出しにされて、可南子が首を横に振った。

赤いベビードールの裾がめくれて、むっちりとした太腿の裏側の合わさる箇所に、繊毛の翳りとともに女の秘唇が息づいていた。

先日、慎一の前で披露してくれたものと同じオープンクロッチショーツなのだろう。赤いスケスケのパンティの中央が大きく裂けて、女陰はおろか尻までもがのぞいてしまっている。

「ふふっ、いやらしいぞ。割れ目から見える女のワレメが、ぱっくり開いて、赤身が見えちまってる」

嬉々として言って、浩次がワレメに顔を埋めた。

さかんに顔を振って、しゃぶりついた。それから、一転して冷静になって、静かに陰唇の狭間を舐める。

浩次の顔が動くたびに、可南子の表情も喜悦の色に染まった。

それでも、可南子は慎一が覗いている斜め上を、必死に見ている。

まるで瞬《まばた》きもしないと決めているように、アーモンド形の目を見開いていたが、ある瞬間から、睫毛がおりはじめた。

快感を得ているのだろう、目を細める。わずかに見える瞳は黒曜石《こくようせき》のようなぬめりを放ち、その潤みがかっている瞳が、ふっと閉じられる。

いけないとばかりに、目蓋があがる。

必死に、慎一を見る。

その何かを訴えるような哀願するような目が、女の欲情にとらわれて、とろんとしてきて、ついには、

「ぁああ……」

と、艶かしい声とともに目を瞑り、顔をのけぞらせる。

ほっそりとした、片手でつかめそうな首すじをいっぱいにさらしながら、右に左に振る。

浩次にも妻が本気に感じているのがわかるのだろう、いっそう丹念に、持ちあがった媚肉を舐めしゃぶる。

「あっ……あっ……」

赤いシースルーの布地をまとった女体が、まるで痙攣でもするようにガクン、

ガクンと震えはじめた。

浩次は腰を離して、枕の下から、赤いロープを取り出した。

二重になったロープをつかんで、可南子の腕を背中にねじりあげ、手首をひとつにくくった。それから、余ったロープを前にまわし、赤い布地越しに胸の上下二段にかけていく。決して達者とは言えないが、こんなことができるのだから、初めてというわけではないだろう。

ベッドに横座りした可南子はがっくりと頭を垂れて、されるがままになっている。

(可南子さん、感じているのか？　どうなんだ！)

浩次とのセックスに不満を覚えて、宇川の誘いに応じようとしていたのだから、悦びを見いだしているはずがない。だが、もしかしたら、縛りだけは感じるのかもしれない。あるいは、慎一が上から覗いているから、その視線を感じて、昂るのか？

こういう女の姿を見ると、男は基本的に咥えさせたくなるのだろう。

浩次は可南子の前に仁王立ちして、命じた。

「しゃぶれ」

可南子は一瞬ためらった。それが、慎一を意識してのことだと考えたかった。
「しゃぶれよ！」
叱咤《しった》されて、可南子がおずおずと顔を寄せていった。
浩次のイチモツはこの前も思ったことだが、自分のものと姿形が似ていた。
だから、慎一はまるで自分がしゃぶられているような気になる。
臍に向かって聳《そび》え立つものの裏側を、可南子は丁寧に舐めている。皺袋から
ツーッと舐めあげ、逃げる肉棹を必死に顔で押さえ込みながら、包皮小帯に舌を
執拗に走らせる。
「おおぅ、そこだ……」
浩次が顔をあげる。
見つかってしまうのではないか、と思うのだが、浩次は視力が低く、仕事をす
るときはメガネをかけている。今は裸眼だから、天井はボーッと霞んでしか見え
ないはずだ。
可南子は自ら姿勢を低くして、皺袋を積極的に頬張る。
「どうしたんだ？　いつもはいやがるのに……そうか、今日は排卵日だからな、
燃えてるんだな」

浩次は都合のいいように解釈して、気持ち良さそうに目を細める。

可南子は袋を吐き出して、裏筋を舐めあげ、そのまま上から肉棹を咥える。

ずりゅっ、ずりゅっと大きく、唇でしごきあげる。

時々、ちらっ上目遣いに見あげる。

その視線は浩次ではなく、天井裏に潜む慎一のほうを向いている。

(そうか……フェラチオを見せてくれているんだな)

可南子の気持ちが痛いほどにわかり、慎一は力を漲らせている分身を、ズボンと下着のなかに手をすべり込ませて、じかに握った。

火傷しそうなほどに熱く、強い鼓動を伝えてくる。そして、先端にはすでに先走りの粘液があふれて、ブリーフをべっとりと濡らしているのだ。

慎一は、可南子の唇のスライドに合わせて、勃起をしごいた。

そう、まるで可南子に咥えられているように。

5

「おおぅ、いいぞ、可南子。今日はほんとうにどうしたんだ？　くくっ……」

浩次が気持ちよさそうに眉根を寄せて、唸った。

そして、可南子はまるで浩次を追い込んで、射精させようとする勢いで、激しく唇をすべらせる。

小悪魔的な赤いベビードールから肌を透け出させ、乳首の突起も浮きあがらせて、両手を後ろ手にくくられて胸縄までまわされた可南子。

そんな女が髪を振り乱して男のシンボルを頬張り、追い詰めようとする姿は、慎一を否応なく昂らせる。

ついに、慎一はズボンとブリーフを膝までおろした。剥き出しになった肉棹を天井裏に這う姿勢で握りしめ、覗き穴から下の様子を見ながら、しごきたてた。

「おおぅ、くっ……ちょっと待て」

射精しかけたのだろう、浩次が口の動きを止めさせて、肉棹を自ら抜き取った。

「お前の下の口にバイブを突っ込んでやろうと思ったんだが、やめた。犯してやる。俺のナマのやつで犯してやる」

浩次は、可南子をベッドに這わせて、持ちあがった尻を引き寄せた。

そして、猛りたつものを尻の底に一気に埋め込んでいく。

「あうっ……！」

可南子が背中でくくられた手の指を握りしめた。

浩次はひたすら腰を打ち据えている。

「おおぅ、締まってくる。可南子のいやらしいオマ×コが、ぎゅんぎゅんと締めつけてくるぞ」

唸るように言いながら、右手を振りあげて、可南子の尻たぶを叩いた。

ピシッと乾いた音が爆ぜて、「ひぃっ」と可南子が背中をしならせる。

「お前、叩くとあそこが締まるんだよな。キュッって……そうら」

浩次は理性のコントロールを失ったように、つづけざまに尻たぶをスパンキングした。

可南子はもうここが家のなかであり、同じ階に藍子もいることも忘れてしまったかのように、悲鳴をあげ、すすり泣いている。

片側の尻たぶが氷イチゴのように真っ赤に染まるのを見ていると、まるで自分が打たれているように、心身が痛む。だが、どういうわけか、イチモツはますます力を漲らせる。

浩次がいったん接合を外して、可南子を仰向けに寝かせ、膝をすくいあげながら屹立を押し込んだ。

「うぐっ……！」

可南子の顔がゆがむのが見えた。

浩次は正面から繋がりながら、ベビードールの襟元に手をかけた。腕に力がこもった次の瞬間、赤い布地がピリリッと音を立てて、破れた。

引き裂かれた布地があったところに、白々とした乳房が二つ現れた。

上下を縛られているせいか、乳房が絞り出されて、いっそうたわわに映った。

そして、張りつめた乳肌の頂上には、赤い乳首が痛ましいほどにせりだしている。

「いやらしいオッパイだ。こんなにビンビンにさせて……」

浩次は乳房を片手で荒っぽく揉みしだきながら、腰をつかう。

「ぁあああぁ……ぁあああぁ……」

心からの悦びの声をあげながら、可南子は慎一が覗いている穴をさがして、じっと見あげてくる。

(おおぅ、可南子。ちゃんと見てるぞ。お前が感じるところをしっかりとこの目に焼きつけているぞ)

言葉で伝えられないのがもどかしい。だが、心が通じているはずだ。

慎一の瞳を確認したのか、可南子は目を細めた。

『わたし、見られてるのね、あなたに……』

至福に満ちた顔がそう語っているようにも見える。

浩次の動きが激しさを増した。破れたベビードールからこぼれでた乳房をぐいぐい揉みながら、嵐のように腰を打ちつける。

「ぁあぁぁ……あっ、あっ……いい。いいのよ、あなた！」

可南子はさしせまった声をあげながら、まだ、慎一を見ている。

(そうか、あなたとは俺のことなんだな。俺もあなたと……)

慎一は這いながら、腰を振った。まるで、可南子の体内に握りしめた硬直を沈み込ませるように。

「ぁあぁ、いい……いい……ぁあ、ダメっ……落ちる。落ちてく……ぁあぁぁぁぁ……」

さしせまった喘ぎを長く響かせながら、可南子がのけぞった。すでに目は閉じられて、顎を高々とせりあげている。

(イクんだな。気を遣るんだな……いいぞ、イケ。俺も出すぞ、可南子の体内に……)

慎一は腰を振りながら、カチカチの分身をしごいた。

射精前に感じる昂揚感と、切なさがせりあがってきて、下半身にひろがった。

「そうら、可南子、イケ。恥ずかしく昇りつめろ。恥をさらすんだ……そうら、おおぅ……」

浩次が遮二無二腰を打ち据えた。

可南子の顎がいっぱいにのけぞり、首筋が一直線になった。

「ああ、イク……やぁあぁぁぁぁぁぁぁぁぁ……はう！」

悲鳴に近い声を放って、可南子が躍りあがった。ガクン、ガクンと揺れているのを見て、慎一はもうひと擦りする。

ずりゅっとしごいた直後に、男液が細い尿道管を駆け抜け、先から迸り出た。

「くっ……」

声をあげそうになるのを必死にこらえた。

だが、腰はまるで自分のものではないように、細かく上下動を繰り返す。

カルキに似た臭気が周囲を満たし、そのなかで、慎一は目を閉じて、今見たばかりの光景を思い出していた。

第六章　闇に浮かぶ顔

1

　十二月の頭に、父が何の前触れもなく帰ってきた。

　本人が言うには、別荘の近所で工事が行われて煩《うるさ》くてかなわないから、美香ともども一週間、この家に泊まるのだという。

　工事の騒音などあらかじめわかっているはずだから、先に知らせてくれればいいのに、いかにも父らしいやり方だ。

　連絡を受けた浩次も藍子も早く帰宅し、その夜は梨本家の家族と藍子の六人が夕餉《ゆうげ》の食卓を囲むことになった。

父はここでも上座につき、他の全員が父の顔色をうかがっている。

つまり、いまだに父が梨本家の家長であり、誰も父には逆らえないのだ。

そして可南子は、父の後妻である美香と上手く役割分担して、二人で和気《わき》藹々《あいあい》と鍋物の下拵《したごしら》えをしている。嫁と姑といっても、美香は後妻であり、また年齢的にも九つ違うだけで、どちらかというと姉妹に近い。それに、同居していないことが、二人の関係を良好に保っている所以《ゆえん》のような気がする。

父が最近になって好きになったという、鶏肉をたっぷり使った水炊きの鍋を囲んでの一家団欒になった。

すでに、熱燗《あつかん》をだいぶ空けた父が赤い顔で、口火を切った。

「浩次、お前、会社での評判、なかなかいいぞ」

「……さすがに創業者の息子だって言われるよう、努力はしています」

浩次が殊勝に答える。浩次の我が儘で独善的なセックスを知っているだけに、慎一は鼻白む思いがする。

「まあ、それも、可南子さんの内助の功があってこそだな」

「いえ……わたしなんか……」

可南子が謙遜する。

そして、慎一には父の言葉がすべて自分への当てつけに聞こえてしまうのだ。

父は、慎一のことには一切触れようとはしなかった。

まるで汚らわしいもののように、この場に相応《ふさわ》しくないもののように、無視を決め込んでいて、それが慎一にはこたえた。

「藍子ちゃん、どうだね、美容学校のほうは？」

父が一転して、気味悪いくらいの猫撫で声を出す。父は藍子に対してはなぜか好々爺《こうこうや》のようにやさしくなる。

「はい……順調です。来年は美容師国家試験を受けるので、一発で取れるように頑張っています。慎一お兄さんにも、ヘアモデルをしてもらって、助けてもらっています」

慎一の名前が出て、父は一瞬苛ついたようだが、すぐに、

「そうか……まあ、頑張りなさい。何か困ったことがあったら、遠慮なく私に甘えなさいよ」

「はい……そのときは甘えさせていただきます」

藍子は如才なく答えて、最後に父を上目遣いで見た。その媚びるような眼差しが、父に気に入られるための秘訣なのだろう。

「お義父さま、膝の具合はいかがですか？」

可南子が心配そうに訊いた。

「ああ、もう完治したよ。あまりにも治りが早いので、医者も驚いてたよ。なっ、美香？」

同意を求められて、美香は、

「ええ……。重吾さんったら、リハビリの途中で退院するって言い出して聞かないんだから」

「実際、そうして見事に完治しただろう」

「そうですね、アレのおかげで……」

「アレって？」

浩次が口を挟んでくる。

「ふふっ、何かしらね？」

含み笑いをして、美香は慎一を見る。

（ははん、俺と美香さんのセックスを映した動画のことだな）

ということは、やはり、美香はあの映像を父に見せたのだ。

内心、ひやりとしたが、こうやって美香が公の場で口の端に乗せたのだから、相手の男が誰かわからないように細工をしたのだろう。

　そして、父はそれを見て、最愛の美香を他の男に取られないようにと必死に復活したのだ。

「美香、もうそのことはいいだろう」

　父があわてて、美香の口を封じた。父も弱みを見せることがあるのだ。

「そうか、まあいいや……だけど、今回は良かったけど……お父さん、とにかく体には気をつけてくれよ」

　浩次が心配そうに言う。

　慎一は、心にもないことを、と胸のなかで毒づきながらも、それは表情には出さない。

　話題がふたたび会社のことに及び、慎一も美香も蚊帳の外に置かれた。

　ちょうど慎一の正面に座っている美香は、二人の会話を聞く振りをして、時々慎一のほうをうかがう。

　父の回春のためという目的があるにせよ、美香は慎一に抱かれたのだから、やはり、気になるのだろう。それは慎一も同じで、どうしても視線が美香に吸い寄せられる。

今日は落ち着いたなかにも粋な感じの小紋の着物を身につけ、髪を結いあげている。こうすると、高級クラブのママそのものだ。そして、父はおそらくこのお水《みず》の雰囲気が好きなのだ。

父に嫌われている慎一に、敢えて話しかけてくるものはひとりもいない。みんな、父の機嫌を損ねたくないのだ。

慎一が黙々と水炊きを食べていると、ふと、膝のあたりに何かが触れるのを感じた。

足だ。それも、足袋を履いている。

ハッとして前を見ると、美香が視線を合わせて、含み笑いをした。

それから、美香は少し腰を前に出したようだった。

と、足袋に包まれた爪先が、慎一の膝を割ってきた。

美香が目でせかしてくる。

慎一は、独演会をつづけている父とそれに追従する家族たちをうかがいながら、自分も徐々に腰の位置を前にすべらせていく。

それにつれて、白足袋が内腿を這いあがってきた。

慎一が数センチ腰を前に出すと、爪先がズボンの股間に触れた。

長いテーブルクロスを使っているから、隣に座っている浩次には気づかれないはずだ。

美香は父の話に相槌を打ちながら、爪先を巧みに動かして、慎一の股間をいじってくる。

足袋にくるまれた親指がまるでそこに目がついているように、ズボン越しに肉茎を擦っている。そして、不覚にも慎一の分身は力を漲らせてしまう。

やはり、一度その肉体を味わったせいだろうか、それとも、一家団欒の最中にそのテーブルの下で義母に悪戯されるというスリルに満ちた状況のせいだろうか、股間のものが頭を擡げて、ズボンを突きあげる。

そして、ズボンを持ちあげた肉の棒を、美香は足指で巧妙にさすってくる。

もしこんなことを父に知られたら、きっと半殺しの目にあうだろう。

美香は足袋の親指と他の指の分かれた部分で、勃起を挟みつけるようにして、しごいたり、強く挟んだりする。

こんなことは初めてだが、足は指よりも力が強くて、ごつこつしている。その荒々しい感触が意外に心地よくて、慎一は陶然として、股間を押しつけたまま身を任せた。

先走りの粘液がにじみだして、ブリーフを濡らしている。

こんなところ、可南子にも見せられない。

慎一と可南子は、浩次を裏切って、淫靡な二人だけの痴戯に耽っている。肉体は接してはいないが、それ以上に密度の濃い裏切りをしている。

いや、可南子ばかりではなく、自分は藍子とも関係を持ってしまった。

そして、藍子はじつは浩次が好きで、浩次と可南子とのセックス動画を見て、オナニーしている。

さらに、父は愛妻を他の男に抱かせることで、回春をはかっている。

梨本家は父を頂点として、一見まとまっているように見える。幸せな家族のように見える。だが、その裏では……。

足袋で肉棹を擦られる快感が上昇したとき、

「美香、熱燗をもう一本くれ」

父の声がして、美香は足先を引き、席を立つ。

父の独演会に終始した夕餉は二時間ほどつづいて、ようやくお開きになった。

2

深夜、慎一は寝つくことができずに、ベッドの上を輾転《てんてん》としていた。

突然の父の帰宅と露骨な無視によってもたらされた心の揺れ。そして、美香に足で股間を触られたことで湧きあがった欲望が下腹部に澱のように溜まっていた。

午前一時を過ぎた頃、慎一は天井のわずかな軋みを感じ取り、ハッとして目を開けた。

立ちあがり、天井に顔を寄せて耳を澄ますと——。

ミシッ……ミシッ……。

確かに、天井がしなる音が聞こえる。

それは、おそらく慎一以外には気づくことができないほどの小さな音だ。

だが、天井裏を何度も徘徊した慎一には、そのほんとうにかすかな物音や、おそらく数ミリ程度だろう天井板のしなりを察知することができるようになっていた。

（いる！　誰かが天井裏に……誰が？　藍子か、それとも……）

慎一はしばらく部屋のなかを歩いて、どうすべきか考えた。

このまま見過ごそうかとも思った。だが、最後は誰かいるのかどうか、そしてそれが誰であるのかを知りたいという欲求が勝った。

慎一はパジャマ姿のまま、静かに部屋を出た。

廊下を歩き、二階の和室に入る。

押入れの上段にあがって、点検口を調べる。天井板がわずかにずれていて、隙間ができている。前回使った後で、天井板はきちんと閉めたはずだ。

（やはり、誰かがいる！）

点検口のすぐ下で、耳を澄ました。

遠くで、かすかな物音と荒い息づかいがする。

こんな時間に天井裏を徘徊する者の正体を確かめたい。だが、自分がそれを発見したことは知られたくはない。

迷ったが、和室の照明は点いていないし、天井板を少し開けて物音を立てずに覗けば、徘徊者には気づかれないだろう。

慎一はゆっくりと慎重に、七十センチ四方の天井板を持ちあげながら、横にずらした。

よかった。音はしなかった。

緊張のためか、一気に汗が背中や首すじに噴き出てくる。

そこでまた迷ったが、ここはやるしかない。我が身を叱咤して、開口部から、枠組みに体が触れないように注意しながら、少しずつ顔を出していく。

音がした方向の見当をつけて、ゆっくりとそちらを振り向くと——。

いた……！

位置から推《お》して、藍子の部屋の上である。

天井裏にしゃがみ込み、天井板に這うような格好で覗き穴に目を寄せている顔を、懐中電灯の明かりが下から照らし出している。

上下から圧迫されてくしゃっと潰れたような顔が下からの明かりを受けて、脂ぎった肌をてらつかせている。

まるで妖怪のようだ。覗きの欲望に取り憑かれた、おぞましい怪物の顔——。

父の重吾だった。

こんなことをするのは、藍子か父以外考えられないと思っていた。そして、父であってほしくないと望んでいたのだが……。

父はこちらには気づかない。

覗きに夢中になっているのだ。七十三歳の身で、若い女の部屋を覗くことに昂りきって、他の一切が目に入らなくなっているのだ。

細い目を異様に輝かせ、時々、舌舐めずりさえしている。

そして、右手が作務衣《さむえ》のズボンに入り込んでいた。ズボンの股間が手の動きにつれてゆるやかに波打っている。

(ああ、そうか……)

父が亡妻の妹の娘である藍子を、いくら専門学校に通うのに都合がいいとはいえ、わざわざこの家に住まわせるのはへんだなと思っていた。

父は、これがしたかったのだ。

若い女の部屋を、そして、プライベートな行為を覗き見したかったから、藍子をここに住まわせたのだ。

(何という男だ……!)

自分の父とはいえ、いや、自分の父だからこそいやになる。

嫌悪感が全身にひろがった。

だが……待てよと思う。自分も父と同じことをしているではないか。

(お前には父を責める資格などない)

もうひとりの自分が、怒りにストップをかける。

今、目にしているその姿は、まさに自分自身でもあるのだから。

父が体を起こした。そして、懐中電灯で前方を照らしながら、歩き出した。ある方向へまっしぐらに進んでいる。

目指しているのは、弟夫婦の寝室だった。

やはり、二人の閨には興味を惹かれるのだろう。

ここは正反対の位置にあるから、まず気づかれる恐れはない。

背は低いががっちりした体格の父が腰を屈めて、傷めたほうの足をかばいながら、何かに憑かれたように天井裏を歩いていく姿は、かなり異様で凄絶《せいぜつ》である。

父は弟夫婦の部屋の真上まで進んで、ギョッとしたように目を見開いた。

弟夫婦の部屋の天井裏にはコンパネが渡してあり、覗き穴も二つ開いている。しかも、いまだ小型カメラが仕掛けてあるのだ。

これで、父は自分以外に盗撮者がいることを理解したはずだ。当然のことながらそれが誰かをさぐるだろう。そして、カメラに繋がったケーブルをたどっていけば、それが、誰の部屋に引かれているのかを知るだろう。

一気に体が冷えたような気がした。なのに、背中に汗が噴き出る。

（だが、お互いさまだ……いや、先にはじめたのは父のほうなのだから）

そう自分を慰めている間にも、父はその件は後回しにと考えたのか、コンパネに四つん這いになって、覗き穴に顔を寄せた。

可南子と浩次は今どうしているのだろうか？　父が帰宅したその夜に、夫婦の営みなど交わすものだろうか？

だが、今日は金曜日である。浩次なら、いつもどおりに妻を抱くかもしれない。

父が帰宅したからといって、生活のリズムを崩すことは、彼のプライドが許さないはずだ。自分はそんな脆弱《ぜいじゃく》な男ではない、と思いたいだろう。

可南子を抱くとなれば、どうせ、「オヤジに聞こえるぞ。この恥知らずが」などと言葉でなぶりながら、可南子をいつも以上に苛烈に責めるだろう。

慎一はさらに背を伸ばして、首から上を完全に天井裏に出した。耳を澄ますと、

「あんっ、あんっ、あんっ……」

女の喘ぎ声が、かすかに聞こえてきた。

可南子の声を間違えるはずがない。

（そうか……やはり、やってるのか）

慄然とした思いが、体を這いあがってくる。

部屋から離れたここまで届くのだから、可南子は相当大きな声を出しているはずだ。

否応なく耳に届くその喘ぎに、慎一はアッと思った。

それは、慎一が覗いていることを知っているときの、可南子の媚を含んだような声の出し方だ。以前に覗かれていることを知らなかったときの可南子の声は、こうではなかった。

ということは……。

今日は金曜日である。だから、可南子は慎一が覗きに天井裏に来ていると勘違いしているのではないか。可南子くらいになると、天井裏に誰かがあがっていることは察知できるはずだ。実際は父なのだがそれを慎一だと間違っている――。

そして、浩次も父がいる家で可南子を抱くという行為に、いつも以上に昂っていることだろう。

おそらく、今、部屋では二人の強烈な性の交歓が行われているはずだ。だから、父も夢中になって覗いているのだ。

距離が離れているから、慎一には明確には可南子の声は聞こえない。それでも、一段と甲高い喘ぎの迸りや、唸るような声、そして、「ぁあぁぁ」という悲鳴に近い喘ぎは耳に届く。

こんな大きな声を出したら、藍子にも聞かれそうだが、藍子の部屋は正反対の一番離れたところにあるから、安心しているのだろう。

そして、父・重吾は顔を覗き穴に押しつけ、唸りながら、股間のものをしごいている。

父が洩らす呻きや荒い息づかいが、慎一の耳を打ち、いたたまれない気持ちにさせる。自分を作った分身とも言うべき男が、息子夫婦の閨を何かに憑かれたように覗いているのだ。

「ぁあぁ……いやっ」

可南子の悲鳴に似た喘ぎが聞こえ、父の右手の動きが活発になった。

ハァ、ハァ、ハァ……。

手許に置かれた懐中電灯が、下から父の顔を不気味に浮かびあがらせている。

白髪は乱れ、額に血管の筋が根っこのように透け出ている。鷲鼻をふくらませ、口を半開きにして、喘ぐような息を吐く父・重吾の妖怪じみた横顔――。

もうこれ以上、父の醜く、無残な顔を見るのがつらくなって、慎一は顔を引っ込めた。

静かに天井板を戻して、音を立てないように押入れから出た。

足元がふらついて、慎一は床柱にしがみついた。


翌日、慎一は父の部屋に呼ばれた。

父は今、一階の入ってすぐのところにある広い和室を、美香とともに使っている。

和室には黒檀の大きな座卓が置かれ、その前に慎一は父と向かいあって、正座させられた。

用件はおそらくあのことだろう。慎一が黙っていると、父が言った。

「お前、何やってるんだ」

「はっ……？」

「何だ、その態度は！」

「普通ですが」

「……普通？　屋根裏にあがって覗きをすることが普通か？　盗撮をすることが普通か！」

やはり、父はケーブルをたどって、それが慎一の部屋に引き込まれていることを知ったのだろう。

　どういう対応をしようか迷っていたが、父のその頭ごなしの態度が慎一の反発心に火を点けた。

「仮にですよ、仮に俺が盗撮をしているとして、オヤジはどうやってそれを知ったんでしょうか？」

「お前……！」

　父の顔が怒りで震えている。

「お互いさまじゃないでしょうかね。あなたには、俺を叱る資格はないはずですよ……知ってるんですよ。覗き見してたこと」

　ずばりと言うと、父の顔が引き攣った。

「この前、家の点検工事で、業者に呼ばれて屋根裏にあがったんですよ。そうしたら、覗き穴があった。ケーブルも這わせてあった。そして、そのケーブルはあなたが前に使っていた部屋に繋がっていた。だから、俺はそれをちょっと変えさせてもらった。俺はあなたの後を継いだんですよ。仕事では後は継げなかったけど……」

「馬鹿なことを言うな。そんなことは知らん。私が家を出てから、誰かが配線したんだろう」

　ここに来て、なおシラを切る父にカチンときた。

「証拠もあるんですよ」

「ん……？」

「屋根裏の隠し戸棚に大切にしまってありましたね。秘密のディスクが」

「見たのか？」

　大きくうなずくと、父は可哀相なくらいに真っ青になった。

　それはそうだろう。後妻である美香が、他の男とセックスしている映像を、息子に見られたのだから。

「オヤジも悪趣味ですね。美香さんを他の男に抱かせて……」

「もう、いい！」

　父はバンと座卓を叩いて、ドアを指さした。

「出ていけ！」

「そう言われなくても、出ていきますよ」

　立ちあがって、ドアに向かって歩いていくと、父がぼそっと言った。

「お前はほとんど私に似なかったが、どうしようもないところだけは似たんだな」

「そうですかね……あなたがそうさせたんですよ。誰だって、天井裏のあれを発見したら、同じことを試したくなりますよ。ただ好奇心が旺盛なだけです」

「……もう、いい。それから、このことは絶対に他人には言うな。わかったな」

「もちろん、言いませんよ。一家の恥ですから。では……」

慎一はそそくさと部屋を出て、廊下を歩き、二階へとつづく階段をあがっていく。

父に対して、溜飲を下げたという痛快感はあるものの、どこか虚しさがあるのはなぜだろう？

慎一は自室に戻るなり、ベッドに倒れ込んだ。


数日後に、リフォーム業者がいきなりやってきた。

父が頼んだのだと言う。

そして、業者は屋根裏にあがって、留められていなかった天井板を完全に固定し、這っていたケーブルを取り除いた。

さらに、和室の押入れの点検口を強固なものに付け替え、鍵を付けて施錠し、キーがないと開かないようにした。そして、その一本だけのキーは父が預かることなった。

これで、慎一は屋根裏にあがることも、盗撮をすることもできなくなった。

つまり、これが父の出した答えだったのだ。

工事が終わった日に、父が慎一に近づいてきて、耳元で囁いた。

「あんなものに現《うつつ》を抜かしているから、いつまで経ってもものにならないんだ。私は創業者としてやるべきことはやった上で、ああいうことをした。だが、お前はどうだ？　ろくに仕事もしないで、あんなものに夢中になって……だから、屋根裏は封印した。すべて、お前のためだ。いい加減、目を覚ませ」

あんなもの、だと……。

（あなたは、自分が始めておいて、それをあんなものと卑下するのか……だいたい、覗きは覗きだ。それに、良し悪しなどないだろう）

慎一は心のなかで、息巻いた。だが、それを口にすることはできなかった。反論したところで、すでに屋根裏は封じられてしまっているのだ。

「明日、別荘に帰るからな」

そう言って、父は背を向けた。

3

屋根裏改修工事が終わったその夜、夕食を摂《と》った慎一はひとりで自室にいた。

これで、覗きも盗撮もできないのだと思うと、仕事をする気にもならない。

そして、考えるのは、可南子とのことだ。

覗きの手段を奪われた今、可南子とはどのような関係をつづけていけばいいのだろう？

可南子は弟の嫁であり、自分は可南子の義兄であり、したがって、慎一は彼女を抱くことは許されない。いや、ほんとうに許されないのか？　二人には血の繋がりはないのだから……。で、慎一、お前はどうなんだ？　彼女を抱きたいと願っているのか？

肌を実際に接することをしないという、一歩引いたところでの関係だったからこそ、二人はその秘密の痴戯に夢中になれたのではないか？

わからない——。

悶々としながらパソコンの前に座っていると、部屋を静かにノックする音が聞こえた。

（誰だろう？）

ドアを開けると、カーディガンをはおった可南子が立っていた。

「少し、いいですか？」

「ああ……」

可南子を招き入れて、ドアを閉めた。

浩次は帰りが十一時頃になるらしく、まだ帰宅していない。それにしても、大胆だ。部屋に可南子を入れるのは、いつ以来だろうか。

可南子は思い詰めたような横顔を見せて、部屋の中央で立ち止まる。クリーム色のカーディガンの前から、胸の形そのままにふくらんだ薄緑色のぴったりしたニットがのぞいている。

「屋根裏にあがれなくなってしまいましたね」

可南子がうつむいたまま言う。

「ああ……オヤジの奴、何を思ったのか……」

じつは、父が可南子と浩次の寝室を天井から覗き、その際に、覗き穴とケーブルを発見したのが原因だ、などとはさすがに言えなかった。

「……困ったね。これまでのようなことはできなくなった……」

そう言って、可南子をうかがう。

「あの……今夜は遅くまで起きていらっしゃいますか？」

「ああ、いつも、寝るのは四時くらいだから」

「では……そうですね。午前三時きっかりに、二階の和室に来ていただけませんか？」

「……どういうこと？」

「あの押入れに身を隠していてください。わたし、ひとりでまいります。それで、決して、押入れから出ないようにしてもらえれば……」

「……押入れにずっと身を潜めていろと？」

訊ねると、可南子が静かにうなずいた。

「そこで、何を？」

「それは……今は」

可南子が含羞《がんしゅう》を含んだ声で言って、うつむいた。

何をしたいのか、何を求めているのか、判然としないものの、可南子が何か新しい方法を考えているのだということはわかった。

「行くよ。三時だね……だけど……浩次はいいのか？　抜け出せるのか？」

「ええ……あの人はわたしを抱かないときは、すぐに眠ってしまいます。そして、寝ついたら、まず朝まで起きません」

「そうか……」

だが、一階には、父と美香がいる。二階にも、藍子がいる。

不安に感じたものの、しかし、可南子は当然それを含めた上で、誘っているのだろうから、そのことは口には出さずにおいた。

「では……行きますね」

そう言うものの、可南子は去ろうとはせずに佇《たたず》んでいる。

抱いてほしいのではないか、とも思った。そんな雰囲気を放っている。

慎一としても、手が届くところにある楚々とした肢体を抱きしめたかった。

だが、それをしたら……。

考えたら、慎一はこれまで日常的な接触を除いて、可南子の身体に指一本触れたことはないのだ。

もどかしい……もどかしくてならない。

二人が情を交わすための覗き見という手段を奪われて、渇望感はいっそう強くなっていた。

(待っているんだ。可南子さんは待っている)

腕を伸ばそうとするものの、体が硬直して動かない。まるで、見えない蜘蛛の糸に雁字搦《がんじがら》めにされているようだ。

二人の間に重苦しい空気が流れた。どうしても手が出ない。

「では、行きますね」

可南子はそう言って、部屋を出ていった。


午前二時五十分に、慎一は部屋を出て、和室のドアを静かに開けた。

八畳ほどの和室はカーテンも閉まって、暗がりのなかに沈んでいる。

入ってすぐのところにある照明のスイッチに右手を伸ばした。天井についた和風のシーリングライトが点き、慎一はパネルを使って照明を絞り込んだ。

あまり煌々としていては、家人がトイレに立ったときに、和室の明かりが漏れて気づかれてしまう。

慎一は淡い照明のなかを歩き、押入れの襖を開けて、なかに入る。

上段にあがって、位置を確保した。布団は下の段に積まれてあって、上にはないから、空間はある。

襖を少しすべらせて、覗くことのできる隙間を作った。

そして、暗闇のなかで身を潜めて、可南子を待った。

このひっそりと静まりかえった空間では、自分の息づかいさえ気になる。

（まだか……）

息を詰めて、待ち焦がれていると、ドアが静かに開いて、人が入ってくる気配がする。

畳を踏みしめる足音がして、純白のネグリジェに身を包んだ可南子が視界に入ってきた。

押入れの正面に立って、じっとこちらを見るので、ここにいることを示すために、襖をかるく叩いた。

可南子はうなずき、部屋のコーナーに置いてあるスタンドライトの明かりを点けた。和紙で表面を覆われた、高さ五十センチほどの直方体の和風のスタンドライトである。

ぼんやりと柔らかな明かりが可南子を斜めから照らして、白いネグリジェが透け、下半身の太腿とその隙間が浮かびあがった。

（俺のために、こんな格好をしてきてくれたんだな）

それだけで、可南子の気持ちが伝わってきた。

可南子は和風スタンドライトの前に、押入れのほうを向いて座った。

横座りして、足を流し、ちらりと慎一のほうを見る。

肩が露出して、胸のところが一直線のネグリジェを着ていた。あらわになった肩の丸みからほっそりとした首すじにつづく、八の字のラインが美しく、慎一は見とれてしまう。

それから、可南子は髪に手をかけて髪止めを取り、頭を振った。すると、黒髪が生き物のように枝垂れ落ちて、首すじから肩、胸前へと散る。

可南子は髪を両手で梳《す》くようにして、艶かしく後ろへとかきあげる。

両手をあげているので、胸の形がはっきりとわかった。

おそらく、下着は一切つけていないのだろう。

白く薄い布地には、乳房のふくらみとともにぽっちりとした突起さえもはっきりと浮き出ている。

可南子は髪を口に持っていき、そして、噛んだ。

髪の一束を咥えて、じっとこちらを上目遣いに見る。

横からの照明を浴びたそのにらむような、媚びるような、誘うような目に、慎一はまるで金縛りにあったように動けない。

可南子は一筋の黒髪を嚙んだまま、右手を胸に伸ばし、左のふくらみをすくいあげた。下から上へと揉みあげ、円を描くように撫でまわし、ふくらみの頂上を指でつまんだ。

和風スタンドの黄色い、まるで月のような明かりを浴びて、乳首がせりだしているのが、布地越しでもはっきりと感じられる。

そして、可南子は人差し指を立てて、爪をその突起を引っ搔くように遊ばせた。

次の瞬間、

「くうぅぅ……」

髪を嚙んだ口から、抑えきれない喘ぎが洩れる。

可南子はまた乳房をすくいあげるように揉みしだき、いっそう尖ってきた乳首を布地越しに指で愛撫する。

「うっ……うっ……」

顔をのけぞらせて、くぐもった声を洩らす。

声をあげては、見つかる可能性がある。だから、可南子は自ら髪を嚙んで、口枷代わりにしているのだろう。

そして、可南子は両手で左右の乳房を揉みしだき、頂上の突起を指先であやした。

「くっ……くっ……ぁああ……」

顔をのけぞらせて、感に堪えないように喘ぐ。

斜めに流された左右の足が開いて、膝の内側と太腿がのぞく。

ネグリジェがはだけて、あらわになった内腿の白さが、慎一の目を射った。

可南子が現れたときから、頭を擡げはじめていた分身が一気に力を漲らせた。

慎一はパジャマのズボンとブリーフのなかに手を入れて、じかに硬直をつかんだ。それは、すでに鋼鉄の芯でも入れたようにギンとしていて、握っただけで、快美の電流が走った。

可南子は自分が昂っていくところを見せてくれている。そして、慎一は押入れの隙間からそのしどけない姿を覗いている。しかも、家族がいる家のなかで——。

角度の違いこそあれ、それは天井から覗く行為と同じだった。

いや、俯瞰ではなく横から眺めているせいか、リアルな昂奮があった。

4

可南子は両方の乳房を揉みしだきながら、身体を少しずつ前に倒していった。髪が畳に届くほど前屈し、肩と背中を波打たせた。

それから、ゆっくりと上体を起こした。

起こしながら、右手をネグリジェの裾の奥へと忍び込ませ、上体を立てたところで、左手を後ろについた。

薄い布地がまとわりつく斜めに流した足を少しひろげて、その奥に右手を差し込み、動かして、

「くうぅぅぅ……」

と、抑えきれない呻きを洩らして、のけぞった。

いったん後ろにやった顔を正面に向け、じっと押入れのなかの慎一を見つめてくる。

（ああ、これだ……この誘うような、すがるような眼差し……）

天井裏から覗いたときも、この目をしていた。

そして、慎一はこの悩殺的な目にやられた。

可南子は慎一を見つめながら、ゆっくりと足を開いていった。

この前、ソファで見せたような、まるで、男を焦《じ》らすような一センチ刻みの開脚……。

膝が少しずつひろがっていき、細い手が太腿の奥に触れているのが見えた。

ネグリジェの裾はたくしあがって、内腿の神々しいほどの肌色が徐々にひろがってくる。パンティは穿いていない。

可南子は右膝を立て、左足を開いて外側を畳につけた。

直角をなす二本のむっちりとして長い太腿の奥に、黒々とした翳りがのぞいた。

そして、可南子の手が動くたびに、燃え立つような陰毛が見え隠れする。

ほっそりとした指がしなるように舞い、陰唇の狭間を掃くようにすべる。内側に折り曲げられた親指が上方の肉芽をくすぐる。

咥えられていた髪の毛がはらりと落ちて、

「ぁああ……ぁああ……」

可南子は喘ぎを長く伸ばし、眉根を寄せた哀切な表情で、慎一を見つづけている。

ネチッ、ヌチャ——。

指先が濡れた粘膜に触れて、離れるときに発する秘めやかな音が聞こえていた。家中が静まり返っているだけに、その音はいっそう響き、その淫靡な音が二人がしていることの背徳さを際立たせる。

そのとき、立てられていた右膝が一気に開いた。

可南子は鈍角に足をひろげ、下腹部をせりあげた。

（おおっ……）

と、慎一は声をあげそうになった。

人差し指と中指が陰唇を左右にひろげていた。

そして、指の狭間には、鮭の切り身に似た色の粘膜がひろがっていた。

濡れ光る内部が複雑に入り組みながら、しとどな蜜をにじませ、スタンドライトの明かりを受けて、ぬらぬらと輝いている。

（可南子さん……可南子！）

数メートル離れたところに、可南子の女の証が花開いて、慎一を誘っている。

しかも、天井裏とは違って、慎一は行こうと思えば、そこに行けるのだ。

（行きたい……そして、可南子の肌にじかに触れたい。ぬらつく狭間にこの屹立

を打ち込みたい）

体内に満ちあふれる欲望をぶつけるように、陰茎をしごいた。

しごきながら、襖を一気に開け放った。

可南子がハッとしたような顔で、こちらを見た。

慎一は猛りたつ肉棹を見せつけながら押入れの前面に出て、ゆったりと肉棹をしごいた。

そそりたつ肉茎は上反りして、おそらく、可南子にはその裏面が見えていることだろう。

しごきあげると、絞り出されるように先走りの粘液があふれ、尿道口からたらっと裏に向けてしたたり落ちる。

そして、可南子は下腹部に指を走らせながら、慎一のシンボルに蕩けるような視線を浴びせてくる。

「ぁああ、……しい」

そう可南子の口が動いた。

（えっ、何て言った？）

慎一は心のなかで呟く。

「……しい」

「えっ……？」

「欲しい。お義兄さんが……欲しい。ここに」

可南子が指で肉びらをひろげた。

鮭紅色にぬめ光る女の孔をあらわにして、可南子はもう一度、慎一に届くぎりぎりの声で言った。

「お義兄さんが……欲しい」

「いいのか？」

可南子が迷うことなくうなずく姿を見て、慎一は腰を浮かせた。

押入れから降りて、可南子に一歩、また一歩と近づく。

前まで来ると、可南子は正座して、パジャマの股間に顔を擦りよせてきた。

いきりたつものに頬擦りし、唇を左右にすべらせて、

「ぁあ……」

と、甘い吐息をつき、肉棹を下から持ちあげるようにして、屹立に沿って唇をすべらせる。

相手は、弟の嫁であり、深い関係を結んではいけない女だ。

それはわかりすぎるほどにわかっている。だから、これまで抑えてきた。だが……だが……。

たとえ、それが倫理に反していようとも、軋轢《あつれき》を生もうとも、理性では抑えられないこともある。それが、真実だからだ。

この瞬間、これから先に起こるだろう困難を、慎一はすべて引き受けることを決めた。

可南子の手がパジャマのズボンにかかり、ブリーフとともに引きおろされていく。

転げ出てきたイチモツは恥ずかしいほどにいきりたっている。

「ぁああ、これがお義兄さんの……」

感慨深げに言って、可南子は分身をその形や硬さを確かめるようになぞり、そして、握ってくる。

(これが可南子の指か……柔らかくてよくしなる指だ)

可南子は亀頭部の割れ目に、やさしくついばむようなキスをする。その慈しみに満ちたキスが、可南子の自分への愛情の証に思える。

鈴口を離れた舌が、そのまま裏筋をおりていき、付け根から這いあがってくる。

潤みきっていて柔らかく、まるで、温かいナメクジが這っているようだ。

(そうか……これを、浩次は味わっていたのか)

可南子は頭頂部まで舌を届かせると、そのまま上から頬張ってきた。

「くっ……!」

熱があるのではないかと思うような温かい口腔だ。

表面にまといつく、まったりとした唇が静かにすべっていく。

「ぁおおっ……」

ごく自然に声が出ていた。

適度な締めつけ感を持った唇がゆっくりと上下動する。今、唇がどの位置にあるかさえ、はっきりと感じられる。

ただ、すべらせているだけなのに、疼くような愉悦がうねりあがってくる。

それほど多くの女性と接してきたわけではないが、今味わっている唇が最高のものであることはわかる。

可南子はまるで肉棹の形を確かめるように、等速でじっくりと唇を上下に往復させる。

なめらかな唇が亀頭冠の窪みに嵌まり込み、出っ張りを経由して、さらにあがっていく。カリをすべりおりていく。

次第に唇の動きが亀頭冠を中心に限定されて、敏感な部分をなめらかに、かつリズミカルに摩擦され、圧迫されると、抜き差しならない疼きがうねりあがってきた。

「可南子さん……あなたのなかに入りたい」

思いを告げると、可南子は亀頭冠から唇を離して、静かにうなずいた。

畳に横たわった可南子を仰向けにして、膝をすくいあげた。

ネグリジェがまくれあがって、むっちりとした肉感的な下半身がまろびでる。

可南子は、白い花びらのなかに横たわる淫らな女神のようだ。

慎一は猛りたつものを導いて、ゆっくりと腰を進めた。

そこは、窮屈だった。

だが、狭いとば口を突破して内部に進めると、

「ぁああ……」

可南子が顔をのけぞらせて、小さく喘いだ。

(ああ、これが可南子さんの……！)

まったりと蕩けた粘膜が、侵入者をやさしく包みこみ、粘りついてくる。

あまりにも良すぎて、動かすことさえもったいなかった。ただ、このままじっとして、潤みきった肉路のうごめきを味わっていたい。

だが、波打つような蠕動が、それを許してくれなかった。

慎一は身体を重ね、覆いかぶさるように可南子の肢体を抱きながら、腰を静かに動かす。

それだけなのに、予断を許さない快感がうねりあがってくる。

「ぁああ、ぁああ……お義兄さん、あなたとずっとこうしたかった」

耳元で囁いて、可南子は髪を撫でてくる。

「……俺もだ。俺も、可南子さんとこうしたかった」

慎一は顔をあげて、見おろした。

それに気づいた可南子が目を開けて、下から見つめてくる。アーモンド形の目のなかで鳶色《とびいろ》の瞳が濡れて光り、慎一はそのなかに吸い込まれそうになる。

道徳心も理性も、この瞳の前では役に立たない。

顔を寄せて、唇を奪った。

桜桃のように赤く、弾力のある唇が慎一の唇を跳ね返してくる。

「ぁあぁ……」

その唇が喘ぎ声とともにひろがり、慎一は舌を差し入れる。

二人は口を開けて、中間地点で舌をからませる。

それでは満足できなくなって、可南子の口腔に舌を押し込み、歯茎の裏を舐め、舌の裏に潜らせる。

可南子の舌がからんできて、二人は舌をぶつけ、吸いながら相手を強く抱きしめる。

唇を離すと、二人の唇の間に唾液の架け橋がかかり、途切れながらもスタンド明かりを受けて、キラッと煌めく。

可南子がじっと慎一を見あげて、きっぱりと言った。

「わたしは梨本家の嫁として、浩次さんと別れることはできません。でも、お義兄さんを愛しています。たとえ形はどうなろうと、わたしはお義兄さんのもの。それを忘れないでください」

「ああ、わかっている。このままでいい」

慎一はネグリジェを肩から腰まで一気に引きおろした。

真っ白で形のいい乳房がまろびでてきて、その頂で色づく乳首にしゃぶりついた。

背中を丸めて、突起を吸い、舐め転がす。すでにしこりきっていた乳首が舌の上で撥ね、下から上へとゆっくりと舐めあげると、それがいいのか、

「あうぅぅ……」

可南子が顎をせりあげる。

左右の乳首を交互に吸った。すると、可南子は「あっ、あっ」と押し殺した喘ぎをかすかに洩らして、背中を浮かせ、下腹部をもっとばかりに押しつけてくる。

慎一は上体を立てて、両足を肩にかけ、そのまま前に屈み込んだ。

柔軟な肢体を腰のところで二つ折りにされて、可南子はつらそうに眉をハの字に折りながら、慎一の腕にしがみついてくる。

「こういう体位が好きなんだね？」

「はい……」

「可南子にとっては、羞恥心や苦しみはスパイスなんだ。覗かれて感じていたね？」

「はい……」

「俺はそれをわかっている。だから、可南子を悦ばせることができる」

「はい。お義兄さんの好きなようにして」

「可南子……」

体中を満たす歓喜に後押されるように、慎一は腰をぶつけていく。

猛りたつ分身を上から打ち据えると、それにつれて、可南子の腰も上下に揺れて、

「あっ……あっ……」

声をあげて、可南子はそれを封じようと、髪を一筋嚙んだ。

白い歯列をのぞかせ、烏の濡れ羽色の髪を歯の間でぎりぎりと嚙みながら、

「うっ、うっ」と洩れそうになる女の声を押し止めている。

眉をハの字に折り曲げ、今にも泣き出さんばかりの表情で高まっていく。

その凄まじい美しさに打たれて、慎一も急激に昂った。

体重を肉棹の一点にかけ、前のめりになりながら、打ち据えた。

硬直がぐさっ、ぐさっと女の坩堝《るつぼ》をうがち、可南子はあらわになった乳房を揺らしながら、顎を高々とせりあげる。咥えていた髪を放して、

「うっ……うっ……ぁああ、ああ……イキます。お義兄さん、可南子、イキます

……」

押し殺した声で訴えてくる。

「そうら、イケ。出すぞ。俺も出すぞ」

「ああ、ちょうだい」

可南子は顔をいっぱいにのけぞらせながら、腕にしがみついてくる。

顔を振りたくり、細かい痙攣を全身に走らせて、昇りつめようとする。

一気に連射したとき、欲望の迸りが喫水線を超えた。

「おおぅ、おおぅ……」

唸りながら遮二無二打ち込むと、

「ぁああ、イク……く……はぁあああぁぁぁぁ！」

可南子は声を抑えながらも凄絶に喘いで、グーンとのけぞった。

駄目押しの一撃を叩き込んだ次の瞬間、慎一も至福に包まれていた。

甘美で強烈な、命が尽きるのではないかと思われるような射精感が、全身を貫き、圧倒的な快美感に身を任せる。

精液ばかりか、魂までもが抜け出るような射精だった。

打ち尽くしたときは燃え滓《かす》のようになっていた。

息がおさまるのを待って、隣にごろんと横になる。

仰向けになって、天井を見あげたとき、エッと思った。

我が目を疑った。

ほぼ真上に小さな穴があって、そこで黒曜石に似たガラスのようなものが光っている。

(これは、人の目……?)

じっと瞳を凝らした。

それは、まるで覗いていることを知らせようとするかのように、動かない。

やはり、人の目だ。間違いない。

白目には赤い毛細血管が網の目のように走り、どんよりとした黒いガラスのような瞳が、無表情に二人を見ている。

覗かれていたのだ。

悪寒が背筋を這いあがってくる。

(では、誰が?)

確かめようと立ちあがったとき、覗き穴から眼球の光が消えた。

今から屋根裏にあがれば、その正体を突き止められるだろう。

だが、そんなことをしなくても、正体はわかっている。

天井裏につづく点検口のキーを持っているのは父だけだ。おそらく、父は慎一が押入れに入る前に屋根裏にあがっていたのだろう。

病膏肓《やまいこうこう》に入《い》る——。

そして、父は慎一と目が合っても逃げようとはせず、まるで挑みかかるように慎一を見ていた……。

(そうか、わかった。居直るなら、それでいい。覗きたかったら、覗けばいい……あんたが何をしようとも、俺は意志を変えない)

心に決めたとき、可南子がにじり寄ってきた。

慎一が視線を投げている天井のほうを見て、

「何か?」

不安げに訊いてくる。

「いや、何でもない……気にしなくていい」

慎一は可南子の肩に腕をまわし、思いを込めて抱き寄せた。

◎書き下ろし

二見文庫

覗《のぞ》き 天井裏《てんじょううら》の徘徊者《はいかいしゃ》

著者 霧原一輝《きりはらかずき》

発行所 株式会社 二見書房
東京都千代田区三崎町2-18-11
電話 03(3515)2311［営業］
03(3515)2313［編集］
振替 00170-4-2639

印刷 株式会社 堀内印刷所
製本 株式会社 村上製本所

ISBN978-4-576-13175-7
http://www.futami.co.jp/

二見文庫の既刊本

熟年痴漢クラブ

KIRIHARA,Kazuki

霧原一輝

民雄は、二回目の車内痴漢で捕まりそうになる。その窮地を救ったのが、彼よりも少し年上の米倉だった。彼は仲間とともに「熟年痴漢クラブ」なるものを作り、電車内で協力し合っては互いにいい思いをしているという。早速入会した民雄は、彼らからテクを学んでのめりこんでいくが……。人気作家による書下し痛快回春官能!

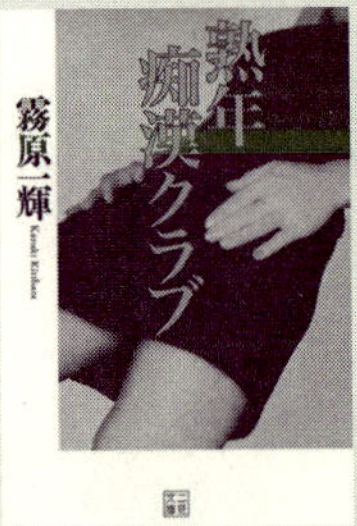